원영
시장

설재인 연작소설집
월영시장

펴낸날 2024년 3월 20일

지은이 설재인
펴낸이 이광호
주간 이근혜
편집 유하은 허단 김필균 이주이 방원경 윤소진
마케팅 이가은 최지애 허황 남미리 맹정현
제작 강병석
펴낸곳 ㈜문학과지성사
등록번호 제1993-000098호
주소 04034 서울 마포구 잔다리로7길 18(서교동 377-20)
전화 02) 338-7224
팩스 02) 323-4180(편집) / 02) 338-7221(영업)
대표메일 moonji@moonji.com
저작권 문의 copyright@moonji.com
홈페이지 www.moonji.com

위 도서는 2024년도 한국문화예술위원회 아르코문학창작기금
발간지원 사업에 선정되어 발간되었습니다.
KOMCA 승인필.

월영 시장

설재인 연작소설집

문학과지성사

차례

✱✱✱✱✱✱✱✱✱✱✱✱✱✱✱✱✱✱✱✱✱✱✱✱✱✱

✳ 프롤로그 ✳

　월영시장은 서울의 가장 서쪽, 국내선을 주로 운행하는 작은 공항으로부터 2킬로미터 떨어진 곳에 위치한 시장으로, 총신이 짧은 권총 모양을 한 월영동의 방아쇠 부분쯤에 자리한다. 월영동은 40년 전만 하더라도 거주민이 전무하고 도로만 난 벌판과 같은 상태였다고들 하나, 서울의 인구 팽창과 일종의 자본 논리에 따라 밀려난 사람들이 모여들어서는 아등바등 그 벌판을 갈아엎고 다졌다. 그때 흘러온 이들은 대개 좋은 곳에 거처를 얻을 수 없던 상경한 사람들이었다. 그들 중 조금이라도 형편이 나은 이들이 얼기설기 건물을 만들고서는 여기저기 세를 주었다. 1분에 두어 대씩 비행기가 정수리 바로 위로 날아다녔기에 건물을 높이 짓는 것은 금지되었고 그래서 최초의 건물주들은 서울에 부는 개발의 광풍에서 멀리 떨어진 채로도 쌈짓돈을 받아 챙기며 살 수 있었다.
　월영시장의 발생에 대해서는 의견이 분분하다. 일련번

호 매겨진 간판을 버젓이 단 점포의 상인들은 20년 전이라고 이야기하나 시장 입구에 목욕탕 의자를 놓고 앉아서 시금치를 파는 여자는 40년 전부터 엄마 따라 장사를 했다고 말하기도 한다. 그러나 좌우지간 이 공간이 자연 발생적이었단 사실엔 모두 동의하는 편이고, 그리하여 시장을 마치 살아 있는 유기체인 것처럼 대하는 이가 대부분이다. 그러니까, 쉬이 팔을 자르거나 장기를 교체하려 들지 않는다는 이야기다. 그대로 내버려둔다,가 모두의 암묵적인 강령이다.

물론 그러한 보존이 가능한 이유에는, 월영동이 아직 '힙'해질 수 없다는 사실이 큰 역할을 할 것이다. 카페라는 존재가 월영동에는 거의 없다시피 한데, 모든 만남이 슈퍼의 평상 위에서 이루어지기 때문이다. 을지로나 동묘 등지에서 젊은이들이 보고 손가락질하는 나이 든 취객 정도는 월영동 거주민들이 보기엔 우습고, 화장실은 견딜 수 없을 정도로 재래식이다—머리 위의 줄을 잡아당겨 물을 내릴 수 있다면 상당히 최신식이라 볼 수 있다. 가뜩이나 서울 끝자락에 있어 어디서든 접근성이 좋지 않은데, 가장 인근의 지하철역에서도 버스로 네 정거장이나 더 가야 도착할 수 있다. 어린 힙스터들이 SNS에 업로드할 몇 컷의 사진을 위해 오기엔 감당해야 할 것이 너무 많다.

인구 유입을 막는 요소가 하나 더 있다면, 단연 항공기 소음이다. 1분에 두어 대, 배에 박힌 부품을 식별할 수 있을 정도로 낮게 나는 비행기들…… 월영동 거주민들이 문제를 제기한 것이 겨우 10년 전이었다. 보상금 제도가 실행된 것은 5년 전. 자식 세대가 보상금을 요구하며 큰소리를 낼 때 정착 1세대들은 말했다. 그것도 못 참아서 뭘 어쩌려고 그러냐? 그러나 보상 대상 구역이 지나치게 좁게 설정되자 난리를 피웠던 이들 역시 그들이었다. 아무것도 변하지 않았지만.

어쩌면 그 비행기 소리 때문에 저들 하고픈 말만 하는지도 몰라. 사람들은 싸움이 일어날 때마다 그렇게 말했다. 물론 싸우지 않으려는 노력은 거의 하지 않았다. 원래 인생은 싸움이고, 티브이에 나오는 서울은 저 멀리멀리 미국 LA보다 먼 서울인 것. 원래 서울은 이렇게 남루한 거고, 남들이 말하는 '서울'의 가운데 사는 인간은 저 번쩍번쩍 미국 영화배우보다 먼 남인 것. 원래 인간은 그렇게 이해 못 할 존재고, 남 아닌 나는 어떻게든 살아내야만 하는 것. 사람들은 그렇게 말하며 일했다. 일하면서 섹스하고 일하면서 애를 낳고 일하면서 키워내고 일하면서 가끔, 아주 가끔, 정말 아주 드물게 하늘을 쳐다보았다.

그러면 언제나 비행기가 성교하는 인간처럼 배를 보이며 지나갔다.

딸램들

40년 된 건물에 들어선 20년 된 자근포차는 월영시장 안팎에서 가장 일찍 열고 늦게 닫는 술집이다. 아침 10시에 문을 열어서 다음 날 새벽 3시에 문을 닫으니까. 명절 연휴에도 당일을 제외하곤 언제나 영업한다. 그 가공할 성실성에 동네 사람들은 충실히 보답해서, 가게 내부의 4인용 테이블 다섯 개와 둥그런 외부 테이블 두 개는 언제나 가득 차 있다.

낙서가 가득한 포차 벽에는 띄엄띄엄 싸구려 액자에 넣은 사진들이 걸려 있다. 자근포차와 주인 부부의 역사를 보여주는 사진들이다. 주인 부부뿐 아니라 단골들의 얼굴도 가득해서, 사진들을 보다 보면 이미 유명을 달리한 친구의 얼굴을 발견하는 경우도 잦았기에 동네 노인들은 눈물을 흘릴 구실이 필요할 때마다 자근포차를 찾고는 한다. 이유 없이 흘리는 눈물로 청승 떤단 소릴 듣고 싶진 않기 때문이다.

포차를 개업하던 날 돼지머리 놓고 고사 지내던 순간의 사진은 조금 더 크게 인화되어 걸려 있다. 상기된 표정의 주인 부부 중 아내의 품에는 척 봐도 백일도 되어 보이지 않는 작고 마른 민머리의 아기가 얼굴을 잔뜩 찌푸린 채 울음을 터뜨리기 직전의 모습을 하고 있다. 실제로 그 아기는 개업식 내내 시장이 떠나가라 통곡했다고 한다. 노인들이 20년째 말하기 좋아하는 기억이다.

그 아기가 자근포차의 외동딸, 월영시장에선 '자근딸램' 혹은 '자근'으로 통하는 동지다.

*

"너 어디서 처자고 지금 기어 들어와, 기어 들어오길."

"문자 보냈거든? 무려 어젯밤 9시에?"

엄마는 대답하지 않았다. 불리하면 입을 꾹 다무는 것이 특기인 사람. 그러더니 다시 입을 열어 하는 말이, 이거 장생에 배달해라,였다. 하여간 장생 아저씨는 남들 다 밥 먹을 때 안 먹고 이상한 시간에 먹는다니까. 동지는 혼자 꿍얼거리며 쟁반을 보았다. 계란프라이가 터져 노른자가 고여 있었다. 장생 아저씨가 보면 또 지랄을 하겠구먼, 얼른 쟁반만 놓고 튀어 와야지, 생각하며 신문지를 덮은 쟁

14

반을 옆구리에 단단히 끼웠다.

건강원에 가는 동안 숨이 턱에 차오를 때까지 앞만 보고 걸었음에도, 어쩔 수 없이 서른 번쯤 인사를 해야 했다. 월영족발, 르앙구제, 소년수산과 빛고을김치, 건달호떡, 매일 호구 할머니를 노리지만 언제나 퇴짜를 맞는 카드 설계사 아줌마와…… 발음이 분명하지도 않은 외침들 사이에서 이상하게도 "자근!"이라 동지를 부르는 소리만은 또렷했다.

"점심요."

건강원의 문을 열고 들어서서는 퉁명스레 말하며 쟁반을 테이블 위에 내려놓았다. 익숙한 건강원 냄새. 참 신기하지. 시트지를 덕지덕지 붙여 불투명해진 유리창에 이름이 적힌 수많은 생물은 왜 달여지면 동일한 냄새를 뿜는 똑같은 색의 액체가 되는 걸까. 동지는 한때 이를 궁금해한 적도 있었다. 아마 중학생 때쯤. 그러나 늦둥이를 낳기 위해 건강원에서 산 무언가를 아빠가 한창 마시는 중이었다는 걸 알게 된 고등학생 때부터는 그 궁금증이 더 이상 순수할 수 없었다.

늦둥이라니.

당시 친구들은 동지의 분노를, 아들을 낳겠단 일념하에 작전을 도모하는 부모에 대한 다 큰 딸로서의 심정이라는 맥락으로 오해했다. 그러나 동지의 초점은 그게 아니었다. 겨우 남아 선호 정도가 이유였다면 훨씬 깔끔했을 터이다. 그냥 저들이 옛날 사람이라서, 그래서,라고 짜증 섞인 이해를 할 수 있었을 것이다.

그러나 그게 아니었다. 자근포차 부부의 목표는 그런 식의 단순하고 예상 가능한 것과는 달랐다. 말하자면, 부부는 모든 행동의 효율을 셈하는 이들이었고, 그 셈이 극빈한 두 청년에서 포차 사장 부부로의 위치 격상을 가능케 하였으므로, 새로운 아이에 대한 계획 역시 이리저리 따진 결과물이었을 것이었다. 그런데 과연 무얼 기대했던 걸까? 당시 동지는 내내 의아했다. 묻기가 조금 꺼려졌던 이유는, "엄마 아빠가 서로 사랑하면 낳는 거지. 너는 그런 걸 다 계산하려 드니?"란 타박을 엄마에게 받을까 봐 두려웠기 때문이다. 당신 역시 그렇게 계산적이잖아,라 따지고 싶어도 그 근거는 심증일 뿐이었다.

결론부터 이야기하자면 그 계산은 부부의 몇 안 되는 손실 중 하나였다. 건강원에 몇백만 원을 들였지만 아무런 성과가 없었으니까. 그래도 착상은 한 번 되었는데, 엄마는 곧 하혈을 하며 그 씨앗을 변기 물에 흘려버렸다. 그래서 장생 아저씨에게 항의를 할 수도 없었다. 씨앗을 잘 간직하지 못한 것은 엄마 배의 잘못이므로,라고 엄마는

16

말했었다. 그리고 동지는 뭐라고 했더라?

엄마, 다른 젊은 애들 앞에서 그런 말 하지 마. 욕먹어.

건강원 안에 아무도 없어 얼른 나가려 드는데, 그만 담배 냄새를 풍기며 들어오는 장생 아저씨와 딱 마주쳤다. 아, 씨. 동지는 속으로 중얼거렸다. 고개를 주억거리며 몸을 틀려는데 아저씨가 팔을 잡아챘다. 놀랍진 않았다. 이럴 줄 알았다.

"자근딸램이 웬일이야? 아저씬 완전 얼굴 까먹을 뻔했어."

아, 예에. 동지는 팔을 약하게 비틀었다. 몇 달 안 본 사이 장생 아저씨의 머리숱은 많이 줄어 있었다. 세상 만물을 다 달여 팔면서 어찌 본인의 탈모 하나 제대로 예방하지 못했을까. 아저씨에 대해 반십 년을 품고 있던 의문이었지만 동지는 그 말을 꾹꾹 누르고 그저 밝게 웃는 척했다. 바쁘다고 해야지. 점심 백반 배달할 곳이 장생 말고도 아주 많다고 해야지.

그러나 그때 아저씨가 물었다.

"그, 뭐냐. 애기 왔어?"

멀뚱멀뚱 자신을 바라보는 동지에게 아저씨는 다시 또 박또박, 정보 전달이 목표의 전부인 리포터처럼, 내용을 전하고 또 물었다.

"자근네 사장 사모님이 애기 데려온다며. 조카라고. 아니, 그렇게 늦둥이 갖고 싶어 하더니 결국 진짜로 애기를 데려와그래. 갈데없는 애기 키워주시니 오죽 또 착해. 그 애기 왔어?"

자신은 전혀 모르는 내용을 묻는 아저씨에게 아무 대답도 할 수 없어서 동지는, 모든 질문에 유효한 대꾸만을 뱉을 수밖에 없었다.

"몰라요. 저한테 중요한 일 아니라 관심 없어요."

아마도 월영시장의 상인들이 동지에게서 제일 많이 들었을 말이었다.

*

아이는 부엌과 가장 가까운 테이블에 앉아서는, 짧은 레일을 끝없이 도는 장난감 기차를 멍하니 바라보고 있었다. 그게 어디서 났는지 동지는 잘 알았다. 시장의 끝자락, 거뭇해진 인형이나 조악한 금칠 벽시계 따위를 싸게 파는 만물상에게서 산 게 분명했다. 1년 동안 만물상 매대에서 움직이던 바로 그 장난감이었다.

"네 사촌이야."

엄마가 찌그러진 냄비를 화구에 올려놓으며 말했다.

"네 방에서 같이 좀 재워줘. 어차피 넌 잠만 자니까 불편할 것도 없지."

한 번도 본 적 없는 아이의 이목구비를 응시하면서 동지는 천천히 말을 골랐다.

"난 처음 보는 얼굴인데."

"이름은 동윤이야."

같은 돌림자였다.

"네 막냇삼촌 딸내미고, 일곱 살이고, 또 뭐라더라. 아휴, 기억이 안 나네 늙어서."

기억이 안 나네 늙어서,는 엄마의 말버릇이었다.

"삼촌이 놓고 갔는데 뭐 저 어린애를 쫓아낼 수도 없고. 어쨌든 우리 집에 당분간 있어야 할 것 같으니까 동지 네가 잘 챙겨줘. 언니잖아?"

그렇게 무책임한 말을 뱉고서 엄마는 토치로 고갈비 윗면을 사정없이 지지는 것이었다.

"날 믿어?"

"그럼. 유아교육과 가신 우리 대학생."

동지는 그 뒤에 줄줄이 따라붙을 말이 두려워 얼른 동윤의 옆에 앉았다. 동윤은 동지 쪽으로 힐끗 시선을 주었으나 다시 기차 쪽으로 무심히 얼굴을 돌렸다. 동지가 뭐라 입을 떼려던 찰나 현관문에 달린 종이 요란하게 울었다. 익숙한 가발이 보였다. 동지가 가장 지긋지긋해하는 단골 노인의 것이었다. 동지는 동윤의 손을 덥석 잡았다. 동윤이 소스라치며 손을 비틀어 뺐다.

동지의 첫 기억은 그 가발에서 시작한다. 몇 살 때였을까? 빨간 반바지를 입고 있었고 땅에 발을 세게 딛을 때마다 허벅지가 덜렁덜렁 떨렸다. 아직 매장에 에어컨이 없을 때라 땀이 턱 밑으로 뚝뚝 떨어졌다. 선풍기는 오로지 손님들 테이블을 향해서만 털털 돌아갔다.

아줌마!

가발이 소리쳤다.

아줌마, 여기 소주 한 병 더 가져와!

동지는 엄마 쪽을 바라보았다. 엄마는 불 앞에서 칼질을 하고 있었다. 나도 이렇게 더운데 엄마는 얼마나 더울까, 하는 걱정에 일어선 건 아니었을 것이다. 그런 종류의 배려심을 갖기엔 너무 어렸다. 다만 동지는 아마도 다른 생각을 했을 터이다. 나는 소주가 뭔지 알고 있어. 냉장고도 이젠 열 줄 알고. 저 붉은 얼굴의 아저씨한테 빨리 갖다줘야 한다는 것도, 아저씨가 소주를 아주 좋아한다는 것도 알아. 그럼 내가 가져다주면? 그럼 칭찬을 듣지 않을까?

기억은 나지 않지만 분명 그랬을 거라고 동지는 그날 그 장면을 떠올릴 때마다 확신했다. 바쁜 엄마가 주지 않는 칭찬을 갈구하면서.

동지는 냉장고를 열어 가장 아래 칸에 있는 소주병의 목을 두 손으로 움켜쥐는 것에 성공했다. 더운 날씨에 소주병 표면엔 금세 물방울이 맺혔고 동지의 손에는 땀이 흥건했다. 맞은편에 앉은 일행에게 고래고래 소리를 지르던 가발의 테이블 앞에서 소주병을 놓쳤고, 유리 깨지는 소리에 엄마가 기겁을 하고서는 달려왔다. 얘가 왜 이래, 가만있질 못하고? 엄마가 등짝을 후려치며 가발에게 연신 허리를 숙였다. 그러나 소주를 발에 흥건히 뒤집어쓴 가발은 껄껄 사람 좋게 웃으며 말했다. 아줌마, 괜찮아. 괜찮고, 내가 잘 가르칠 테니까 얼른 주방 가서 일 보셔.

드럼통 모양의 의자 안은 비좁고 더웠다. 금세 시끌벅적해진 포차의 대화 소리를 뚫고 가발이 북북 뀌는 방귀 소리가 아주 크게 들렸다. 동지는 울지 않았다. 땀을 뻘뻘 흘리며 꽉 쥔 주먹으로 통을 두드렸다. 그러나 키 180에, 몸무게가 아마 백 킬로그램은 족히 넘을 거구의 가발이 온몸의 구멍을 양껏 활용해 내는 소음에는 당할 재간이 없었다. 두 손으로 힘껏 뚜껑을 밀어보아도 꿈쩍하지 않았다. 내가 왜 안 보이는지 손님 중 하나 정도는 묻지 않을까, 하고 동지는 희미한 희망을 가졌다. 그 희망엔 주방의 엄마도 배달 나갔다 돌아왔을 아빠도 존재하지 않았다.

기진맥진한 동지는 가발이 떠나고 나서도 의자 밖으로 나오지 못했다. 아빠가 꺼내주며 물었다. 할아버지가 잘 놀아줬어? 그러고서는 부리나케 비질을 했다. 손님은 아무도 없었고 주방의 불은 꺼진 채였다.

그날 얻은 땀띠를 벅벅 긁다 생긴 흉이 아직도 팔다리가 접히는 부분에 남아 있었다.

"언니랑 집 가서 놀래?"

동지가 빠르게 물었으나 동윤이 고개를 저으며 단호하게 말했다. 거기 집 아냐. 그러고서는 빠르게 움직이는 기차 꽁무니를 별안간 손바닥으로 쳤다. 기차가 파란 플라스틱 레일 밖으로 튕겨 나가 어둑어둑 때 묻은 바닥에 닿았다. 기차는 산산조각 났으나 소리는 손님들의 고함에 섞여 들리지 않았다. 잔이나 병이 깨지는 소리보다 훨씬 약한 파열음. 병이 깨질 때마다 귀신같이 비와 쓰레받기를 든 채 튀어 오던 엄마도 주방에서 태연히 국자에 입을 대고선 간을 보는 중이었다. 수전을 틀고 국자에 수돗물을 조금 담아 냄비에 집어넣는 엄마를 동지는 망연히 바라보다가 다시 동윤 쪽으로 고개를 돌렸다. 아이는 허공에 뜬 두 다리를 달랑거리며 주인이 사라진 레일 위에 검지와 중지를 올려놓고 사람이 걷는 것처럼 교차시키고 있었다.

*

당연할 것이라 굳게 믿었던 동지의 원리를 멋대로 던져 산산조각 내는, 무법자 동윤.

나를 인생의 최우선 자리에 놓고 성심성의껏 보살펴주는 어른이 하나라도 있었다면, 태어나서부터 포차에서 취객들을 마주하며 성장하도록 방치되지 않았더라면 내 삶은 많이 달라졌을 거야,라고 동지는 언제나 믿어 의심치 않았다. 먹고살기 힘들었다고 엄마 아빠는 변명처럼 말하곤 했으나 이 동네에서 먹고살기 힘든 이가 한둘인가? 동지는 그 논리가 회피에 지나지 않는다고 생각했다. 어린 시절 얘기만 꺼내면 눈물부터 뚝뚝 떨어지곤 했다. 고등학생이 되고 나서부터는 셔터 내린 포차 안에서 파김치가 된 부모와 술 마실 때 유독 많이 울었다. 보란 듯 훌쩍거리면서 말했다. 내가 나중에 나 같은 애들 다 보살필 거야. 부모들한테 다 말할 거야. 애 그렇게 키우는 거 범죄라고 내가 혼낼 거야. 애들이 나중에 커서 막, 내 인생 구해줘서 고맙다고 줄줄이 찾아오는 그런 어른이 될 거야, 내가. 알 아? 삿대질을 하며 소리치면 엄마는 안주를 더 만들겠다 며 슬그머니 부엌에 들어갔고 아빠는 행주를 든 채 부산 히 테이블을 정리하는 척했다.

나 유아교육과에 원서 넣었어,라고 선언하듯 뱉던 날에 도 동지는 그 말이 부모의 죄책감을 건드리길 기대했다. 그러나 두 사람은 멀뚱히 동지를 바라보더니 모의라도 한 듯 똑같은 질문을 뱉을 뿐이었다. 요새 애를 그렇게 안 낳 는다는데 돈벌이는 되겠니?

그날 집을 나와서 사흘을 친구 집에 머물렀는데 동지 가 화를 낸 이유를 부모가 아는지는 아직도 의문이었다. 동윤이 등장하기 전까지는 그것이 동지 인생 최대 난제 였다.

이제 최대 난제는 동윤이었다. 새끼는 종을 불문하고 다 귀엽다고 했던가. 그러나 어딘가엔 끔찍하기만 한 새 끼도 있지 않을까.

사랑과 돌봄의 효능을 지나치게 과대평가했던가. 동지 는 인정하고 싶지 않았다. 사랑과 돌봄이 절대적인 열쇠 이며 고귀하고 강력한 해답이어야만 어린 동지가 겪은 심리적 불우가 설명되었으니까. '좋은 돌봄을 겪은 아이는 괴롭지 않다'라는 명제가 참이어야만 그 대우인 '괴로운 아이는 좋은 돌봄을 경험하지 못했다'도 참이 될 터였다. 어린 동지는 너무나 괴로웠고 매일 밤 잠에 들며 내일 깨어나지 않게 해주세요, 하고 기도했기에, 괴로움의 원인을 반드시 어딘가에서 찾아내야 했다.

그러나 동지가 애를 쓰면 쓸수록 그 어리고 작은 여자애는 동지의 심기를 보란 듯 거슬렀다. 배우지 않아야 할 것을 가장 빨리 익혔다. 술꾼들에게 방싯대고 동지를 없는 사람 취급했다. 하교한 동지가 포차 밖으로 빼내어 집으로 데려갈라치면 악다구니를 쓰며 울었다. 같이 가고 싶지 않다고, 당장 놓으라고. 동지가 치솟는 화를 꾹꾹 누르며 어르고 달래도 막무가내였다. 노인들은 껄껄 웃으며 수저로 테이블을 내리치고 장단을 맞추었다. 어이, 딸램아. 가기 싫다잖냐. 왜 그렇게 괴롭혀? 테이블 위에 있는 안주를 젓가락으로 집어서는 비틀비틀 걸어오며 동지의 입에 넣으려는 이도 있었다. 딸램이 이거 이거, 나중에 시집가면 아주 한 성깔 하게 생겼어, 어?라고 말하며. 동지가 입을 굳게 다물고서 시선을 피하며 계속 동윤만 몰아치면 그는 무안해진 젓가락을 동윤에게 내밀었다. 아이는 징징 울면서 음식을 받아먹었고 그 꼴을 보고 있노라면 모든 걸 포기하고 싶어졌다.

　쟤가 어떻게 되든 무얼 배우든 내가 무슨 상관인가. 어차피 친척일 뿐. 동지의 부모 역시 저 애를 평생 맡을 생각은 추호도 없을 것이며, 무엇보다 자신이 얼마나 애써 주었는지 아이는 전혀 이해도 기억도 하지 못할 게 분명했다. 아이들을 좋아하고 챙기려 드는 타고난 심성 이전에 어쨌든 나도 사람이야. 동지는 생각했다. 자신 또한 준 애정에 대한 보답을 원하는 사람, 마음 다치는 일은 싫은 보통 사람이라고.

　그러나 손은 뇌가 말하는 바와 다르게 행동했다. 동윤의 팔이든 옷자락이든 휘어잡고서는 집으로 질질 끌고 가는 게 일상이었다. 그리고 동윤은 시장 북문에서 5분 거리에 있는 집에 이르기까지 무시무시한 비명을 멈추지 않았다.

*

　"제 삼촌 닮아서 그래. 그 피가 어디 가겠니."

　"주민센터에라도 물어봐. 애들 복지 프로그램 있잖아. 값도 싸고."

　"애 성깔 봐라. 가서 무슨 사고를 칠지 어떻게 알고 거기에 집어넣어? 내 새끼 사고 치는 것도 바빠서 대충 넘겼는데 쟤가 거기서 다른 집 애 때리기라도 해봐라. 눈앞에 두고 감시하는 게 낫지."

갑자기 옛날 일이 왜 나오나. 동지는 머쓱해져서 여태껏 엄마 코앞에서 잘만 뱉어대던 담배 연기를 거꾸로 마셔버렸다. 엄마는 꽁초를 담벼락에 대고 비비더니 한 개비를 더 뽑았다. 동지가 불을 붙여주었다.

"솔직히, 신혼 때부터 내내 네 삼촌이 없어졌으면, 하고 빌었다. 네 아빠랑 나랑 죽어라 하고 입에 풀칠하고 있는데 어느 날 턱 등장해서 해코지할까 봐. 작은아들 집 나갔다고 네 할머니한테 전화 올 때마다 있지, 곧 돌아올 거예요 어머니, 별일 없을 테니 걱정 마세요 어머니, 하면서도 속으로는 자꾸 나쁜 생각을 했다고."

동지는 맞은편의 집을, 아니 그 앞의 헌 옷 수거함을 바라보았다. 이 골목에서 가장 말끔한 새것.

"뭐라고 생각했느냐 하면, 다시 돌아올까 벌벌 떠는 것도 무서워서 정말 속으로만 부처님도 못 듣게 아주 작게 중얼거렸어. 우리 삼촌 죽었으면, 객사했으면, 하고. 그럼 내가 제일 비싼 관에 눕히고 특실에서 장례 치러줄 거였는데."

아빠가 외할머니 장례에 돈을 아낀 것을 동지는 알고

있었다. 겨우 초등학생 때였지만 그런 눈치는 기가 막히게 좋았다. 엄마가 아직도 그 일을 용서하지 못한 것도 잘 알았다. 겉으로는 웃고 있으나 마음속에 창고 하나를 만들어놓고서는 그 안에 차곡차곡 한 서린 순간들을 쌓아놓는다는 것도. 물론 동지에게도 그와 유사한 공간이 있다는 걸 엄마는 절대 인정하지 않을 테지만. 친가 어른들이 쉬쉬하긴 하나 삼촌은 분명 그저 한심한 동네 건달 정도가 아니었다.

"동지 너도 애한테 괜히 잘해주지 마. 여기 더 있겠다고 생떼 부리거나 나이 먹어서도 찾아오려 들면 골치 아파. 그냥 옆집 애처럼만 대해. 그럼 돼."

"옆집 애면 더 큰일이지. 술집에서 애를 키우는데 그럼 내가 가만히 있어? 나도 겪은 게 있는데……"

동지는 서둘러 목소리를 갈무리했다. 주둥이보다 긴 혀를 빼문 채 엉덩이를 씰룩거리는 커다란 개가 헌 옷 수거함 뒤쪽에서부터 모습을 드러냈기 때문이다. 그 개의 주인이 누군지 모를 리가 없었다. 안녕하세요. 안녕하세요! 엄마와 목줄을 쥔 가발이 서로 인사를 나누었다. 동지는 그의 신발 소리가 사라질 때까지 고개를 푹 수그린 채 기다렸다. 너무 오래 숙였나. 목 아래부터 어깨까지가 온통 뻐근해져서, 가발의 기척이 잦아들 즈음 시선을 하늘로 옮기며 얼굴을 빠르게 빙빙 돌렸다. 그래서 볼 수 있었다.

부엌에 난 작은 창에 그만 한 얼굴이 가득 차 있었다.

동윤이었다. 얼굴은 곧 사라졌다.

*

다음 날 강의가 끝나고 동지는 포차 대신 집에 먼저 들렀다. 수북하게 버려진 담배꽁초들 옆에 핸드폰을 두고서는 속사포 같은 랩이 쏟아지는 노래를 틀었다. 엄마와 대화하던 때 엄마와 자신의 목소리가 얼마나 컸는지 파악할 수 있는 정확한 측정값이 존재한다면 얼마나 좋을까. 어떻게 측정해야 할지 모르겠어서 일단 음량을 최대로 설정했다. 핸드폰을 거기 그대로 내버려두고서는 부엌으로 빠르게 들어왔다. 작은 창을 열고 동윤의 얼굴이 있던 바로 그 위치에, 그보다 1.5배 정도는 클 자신의 얼굴을 두었다.

"아, 큰일 났다."

래퍼가 속사포로 내뱉는 가사가 내용까지 너무 잘 들렸다. 바로 옆에서 앵커가 기사를 낭독하는 것처럼. 동윤은 동지와 엄마의 대화를 흘림 없이 주워 담을 수 있었을 터이다. 그리고 큰 상처를 받았을 것이다. 제 부모뿐 아니라 동지의 부모와 동지까지, 주변 모든 어른에 대해 반감을 가질지도 몰랐다.

아이가 그 대화를 이해할 정도로 영리하지 않다면 훨씬 간편하겠지만 그럴 리가 없다는 사실을 동지는 잘 알았다. 전공 교수가 첫 수업 날 했던 말이 있다. 그거 아냐? 애들은 자기 미워하는 건 귀신같이 알아. 어릴수록 더 잘 알지. 야생이랑 유사한 거야. 살아남아야 하니까.

어깨가 묵직해서 내려다보니 아직도 가방을 메고 있었다. 안에서 대충 전공책만 빼내어 던져놓고서는 그대로 포차로 향했다. 아이에게 해명을 해야 했다. 아마도, 나는 우리 엄마처럼 너를 얼른 나갈 사람으로 여겨 대충 방치하지는 않을 것이란 선언을 골자로 한. 그러니 너는 내가 싫어도, 성가셔도, 나를 따라야만 한다는 결론으로 가닿는 말을.

푸드나눔센터를 끼고 돌아 마침내 포차가 시야에 들어왔을 때 동지는 이마를 찌푸렸다. 수요일 오후 4시 반. 시장에 사람이 그렇게 많을 시간대는 절대 아니었다. 그런데 자근포차 앞에만 인파가 가득했다. 모두 팔짱을 낀 채 포차 쪽을 응시하고 있었다. 돈 내는 손님이 아닌 구경꾼의 모양새였다. 동지는 뛰기 시작했다. 시장의 사람들이 그런 자세를 하고 있는 건 딱 한 번 보았으니까. 어느 방석집에서 아주 큰 불이 났을 때 말이다.

그러나 연기도 열도 느껴지지 않았다. 포차에 거의 닿았을 때, 동지를 본 장생 아저씨가 손을 번쩍 들고서는 어깨를 그대로 내리치며 외쳤다. 야, 자근딸램아. 느이 집에 복덩이가 들어왔다, 복덩이가!

차라리 아이가 보통의 드라마나 여느 영화에서처럼, 노인들이 건네준 막걸리 한 모금에 취해 트로트 한 자락을 부르며 엉덩이를 씰룩대고 있었더라면 조금 슬프면서도 그러려니, 하고 천천히 물러났을지 모른다. 동지 역시 어린 시절의 어느 순간 그런 재롱을 피우고 있었으니까.

그러나 동지의 눈앞에 있는 아이는 인도를 면한 야외 테이블에서 과도를 든 채, 생닭을 해체하는 중이었다. 노인들과 상인들이 그 앞에서 추임새를 넣었고, 가발과 개도 근처에 있었다. 개가 혀를 빼물고 헥헥거렸다.

동지는 만면에 미소를 띤 채 아이를 향해 연신 박수를 보내고 또 감탄사를 내뱉는 사람들을 빙 둘러보았다. 이게 구경거리인가? 동윤이 새로운 닭을 제 몸 쪽으로 옮겨놓더니 탁 소리를 내며 칼을 도마에 내리쳤다. 목이 잘렸다. 이번에는 항문 쪽을 쭉 잡아 빼더니 허연 지방질을 분리했다.

"아이고, 똥꼬를 아주 그냥 야무지게 빼놓네!"

누군가의 외침에 와르르 웃음이 터졌다.

동지는 웃을 수가 없었다. 걱정되지 않는가? 애가 손이라도 베면 어쩌려고? 아니, 그보다, 정녕 저 어린애가 죽은 동물의 살을 주물러 먹을 것으로 만들어놓는 과정을 너무나 숙련되게 반복하고 있단 점이 지금 이 구경꾼들에게는 그 어떤 공포심도 일으키지 못하는 것인가?

동지는 성큼성큼 아이 쪽으로 향했다. 매운 고추장 내가 확 끼쳤다. 닭볶음탕 냄새였다. 자근포차에서 닭볶음탕은 잘 나가는 메뉴가 아니었다. 그렇다면 이유는 하나일 터. 주위를 둘러보니 역시나, 닭볶음탕이 놓인 테이블에 앉은 모두가 핸드폰으로 동윤을 찍고 있었다.

"이제 그만해도 되지 않을까? 손목 안 아파?"

가능한 한 가장 부드러운 어투를 썼으나, 동윤은 대답은커녕 쳐다보지도 않았다. 오히려 테이블 쪽에서 먼저 반응이 터져 나왔다. 딸램, 카메라 가리지 말고 비켜!와 같은.

동윤은 두 날개와 두 다리를 차례차례 닭의 몸통으로부터 잘라냈다. 운동 능력이 믿을 수 없이 강하게 발달된 소근육이었다. 보통 동윤 나이의 아이들은 가위질도 똑바로 하지 못한다. 또한 모든 종류의 반복 학습을 지루해하며 거부한다. 그렇게 동지는 배워왔었다. 전공 교재를 통

32

해서.

어느 무리가 또 포차 안으로 들어섰다. 희한한 명물이 등장했단 소문을 듣고 급하게 모인 동네 지박령 무리였다. 가발도 함께였다. 개는 어디다 묶어두고 왔는지 어느새 보이지 않았다.

"여기 닭볶음탕!"

가발이 외치더니 이어 물었다.

"똥집도 우리 자근애기가 해주는 건가? 그럼 추가하고, 아님 말고!"

가발 옆에 앉아 있던 진달래색 바람막이 차림의 여자가 킬킬 웃더니 그의 등을 때렸다. 동지의 엄마가 주방에서 고래고래 대답했다. 의원님, 미안한데 그건 냉동이어요!

지옥이다, 이것이. 동지는 신의 존재에 콧방귀를 뀐 지 오래였으나 지금은 지옥의 실재를 믿을 수밖에 없었다. 이 광경이 지옥의 형태가 아니면 무엇이란 말인가. 동지는 아이가 자유자재로 휘두르는 칼날이 무서워서 여느 영화에서처럼 손목을 잡진 못하고, 다만 아이 양옆에 있는 허옇고 흐물흐물한 단백질과 지방 덩어리 들을 짧은 팔이 닿지 못할 곳까지 손날로 쓸어냈다. 그러나 실은, 쓸어내면서도, 바닥에 떨어뜨리지 않기 위해 노력했다. 그 닭고기 조각들은 동지 부모의 것이기도 하니까.

"저 여기 딸내미거든요? 이제 그만이에요! 애기 쉴 거니까 얼른 가서들 일 보세요."

동지는 양팔을 휘저으며 구경꾼들을 몰아냈다. 마지막까지 기어코 남아 있던 이는 장생 아저씨였다. 그는 동지에게 말도 안 되는 질문을 던졌다.

"딸램, 질투해?"

이 새끼가 돌았나, 싶었으나 동지는 애써 웃으며 그의 등을 두드려 건강원으로 돌려보냈다.

그러는 내내 아이는 칼을 똑바로 든 채 동지를 응시하는 중이었다.

그날 가게 마감을 한 엄마와 아빠는 보통 때보다 두 시간 늦게, 그러니까 해가 떠오를 즈음에, 집에 들어왔다. 어깨동무를 한 채 젊은 시절의 유행가들을 목 놓아 부르고 있었다.

"오늘 일일 매출 최대 찍었어."

아빠가 엄마의 목에 긴팔원숭이처럼 매달려 말했다.

"우리 애기, 우리 복덩이, 우리 천재 덕에."

엄마가 술을 못하는 사람이란 걸 동지는 잘 알고 있었다. 붉은 얼굴의 엄마가 비틀거리며 아빠의 말을 이었다.

"우리 꼬맹이가 있지, 사랑하는 아빠 엄마 잘되라고 애를 써줬어. 세상에 세상에, 이런 꼬맹이가 어디 있을까. 아빠 엄마는 너무 행복해. 우리 꼬맹이, 우리 딸램 때문에 너무 기뻐……"

동지는 함부로 동지의 방문을 열려고 하는 아빠의 티셔츠를 뒤에서 잡아당겼다.

"조용히 좀 해. 애 잠든 지 얼마 안 됐어."

"그러는 너는 왜 안 자고 나와 있어?"

"얘기 좀 하자고."

파김치가 된 아이가 꾸벅꾸벅 졸면서도 방에 들어가지 않고 거실에서 몇 시간을 기다렸는지는 말하지 않을 요량이었다. 결국 잠든 아이를 깨지 않게 조심조심 안아 침대에 올려놓고 방해될까 싶어 밖에 나왔단 것도. 동지 자신이 어려서부터 누군가와 같이 자는 것을 불편해했으므로.

"무스은 얘기이?"

왈츠를 추듯 비틀거리는 두 사람을 보다가 동지는 고개를 저었다. 무슨 말을 해도 귀담아들을 상태가 아니어 보였다.

"됐어. 내일 학교 마치고 와서 얘기해."

그러자 두 사람은 예의로라도 다시 묻지 않고 이죽이죽 웃으며 함께 안방 쪽으로 사라졌다. 동지는 닫힌 문을 노려보았다.

철없는 어른들, 아이를 학대한단 신고를 당해도 할 말이 없지, 중얼거리면서 아직 치우지 않은 옥장판 위로 스르르 미끄러져 내렸다. 다음 날 수업이 늦게까지 있었다. 시험 기간이어서 그 김에 밤샘 공부까지 할 요량이었으나 계획을 수정해야 했다. 동윤에게 무슨 일이 또 생길지를 장담할 수 없어서, 동지가 꼭 감시해야만 했다. 내일, 아니 이미 동이 트고 있으니 오늘 함께 공부할 수 없겠다는 내용의 메시지를 동기에게 전송했다. 곧 머리가 아파졌다. 배를 깐 채 책을 펴놓고 몸을 반쯤 일으켰으나 금세 잠이 쏟아졌다.

*

주말이 될 때까지 동윤은 엄마 아빠와 함께 출근해 계속 인파 앞에서 닭을 손질했고, 동지가 학교를 마치고 돌아오면 눈치를 보며 칼을 내려놓았다. 그러고서는 첫날처럼 가만히 테이블에 앉아 장난감만 바라보았다. 책을 읽어주겠다, 같이 찰흙 놀이 하자, 애니메이션이라도 볼까, 하는 동지의 제안을 모두 거절한 채 입술을 꾹 다물고서는 장난감을 만지지도 않고 노려만 보았다. 10시가 넘어가면 동지가 집에 가자며 내민 손을 잡진 않고, 몸만 움직여 발을 질질 끌며 동지에게서 멀찍이 떨어져 집으로 향했다. 애기, 잘 가! 내일 봐! 취객들의 인사에는 잘도 대답해주면서 동지에게는 말 한마디 하지 않았다. 집에 가서는 동지의 방에 들어가 옷도 갈아입지 않고 누워버렸다. 동지가 옷을 갈아입혀도 잠에서 깨지 못할 정도로 아이는 깊이 잤다.

동지는 수업을 끝낸 교수나 강사를 붙잡고 동윤의 경우를 묻기도 했다. 그러면 그들은 아이에게 오래 누적된 트라우마를 단번에 이길 수는 없다며, 너무 큰 기대는 하지 말라고 조언하고선 빠르게 자리를 벗어났다. 그러나 취객을 대하는 동윤의 표정을 보았다면 그런 말은 못 했을 것이다. 동지는 강연에도 가보았다. 글쓰기와 놀이 교실을 통해 어린이의 내면을 들여다본 아름다운 에세이를 출간했다는 저자의 이야기를 들었다. 그러나 일단 동윤은 한글을 전혀 몰랐고, 저자가 예시로 드는 아이들은 동윤과는 다른 세계에 사는 것처럼 보였다. 아무래도, 부모가 나서서 자식을 그런 종류의 교실에 '보낸' 것 아닌가.

동윤의 마음을 얻기 위해 무얼 해야 하는지 동지는 도저히 알 수가 없었다. 취객들 앞에서 재롱을 피우는 아이의 존재가 너무나 끔찍해서, 할 수 있는 거라곤 수업이 끝날 때마다 달음질쳐 가장 먼저 강의실을 벗어나는 것이었

다. 자근포차에서 몇 분이라도 더 빨리 아이를 끄집어내
기 위해.

　　같은 과 동기는 한동안 열심히 맞장구쳐주는 척하다가
은근슬쩍 묻기 시작했다.
　　"안 되는 애들도 있을 거야. 근데 시험 공부는 안 하냐?
우리 다 모여서 밤새우는데."
　　"이게 시험보다 더 현실적인 시험이야."
　　"너무 어렵잖아. 그 애는, 특이 케이스지. 교수님들도 도
망가고, 어차피 오래 같이 살지도 않을 거고. 내 애는 그렇
게 키우지 말아야겠다, 정도로 받아들여. 그냥 교훈으로."
　　엄마가 퇴임한 교장이자 유치원 원장이라는 동기는, 그
래서 졸업 후 취업길이 확고히 보장되어 있었다. 아마도
그 동네 아이들을 충만한 보람 속에서 가르칠 것이었다.
칼을 쥔 적 없으나 한글은 다 떼고 영어로도 곧잘 말하는
아이들을.
　　그러나 동지는 하고 싶은 말을 1할도 뱉지 못하고 그저,
함께 밤새워서 공부하잔 동기의 메시지를 최대한 완곡히
거절할 따름이었다. 서운함을 숨기지 않던 동기는 결국
폭발하고 말았다.
　　그거 자기만족이야. 애를 위한 게 아니라고. 혼자 애를

생각해주는 어른이라는 도덕적 우월감에 취한 거라고.

동지는 바로 응수했다.

네가 어떻게 그런 말을 해? 내가 어떻게 자랐는지 다 들었잖아. 나 말할 때 울던 것도 다 봤으면서 어떻게 그래.

답은 조금 뒤에 왔다.

공부한다. 나중에 얘기해.

*

마지막 전공 시험에서 가장 먼저 답안지를 제출했다. 전날 급하게 스터디 카페에서 밤샘 공부를 한다고는 했는데 쓸 수 있는 게 별로 없었다. 집에 돌아오는 버스에서 실컷 존 나머지 두 정거장 뒤에서 내렸고, 시장 끝에서부터 포차를 향해 오래 걸어야 했다. 그런데 이상했다. 2시가 다 된 시간이었는데, 카드 설계사 아줌마와 건달호떡, 빛고을김치, 소년수산과 르앙구제의 사람들이 일제히 동지에게 손짓하며 말했다.

"딸램아, 점심이 안 왔어. 전화도 안 받고!"

모두 혼자 자리를 지켜야 해서 움직일 수 없는 이들이었다. 점심이 안 왔다고? 자근포차가 시간을 어겼다고? 한 번도 일어난 적 없는 일이었다. 동지는 가방을 고쳐 메고 뛰기 시작했다. 젊은이가 끄는 유아차와 노파가 끄는 유아차와 목줄을 맨 채 걸어다니는 사랑받는 강아지 들을 지나쳤다. 월영시장은 꽤 컸고 밤을 새워서 그런지 눈앞이 어지러웠다.

포차 앞에 다다르자 굳게 닫힌 자물쇠가 눈에 들어왔다. 어떤 표시도 걸려 있지 않았다. 먼지 쌓인 유리문 너머로 매장 내부를 들여다보자 배달된 오늘 치 식재료며 술병이 담긴 궤짝들이 쌓여 있는 광경이 눈에 들어왔다. 얼른 들여놓지 않으면 상하고 녹는 것들이었다. 매장에 오지조차 않았다는 뜻이었다. 동지가 아는 한 부모는 오전 서너 시쯤 도착하는 재료들을 6시에 출근해 정리하는 일상을 결코 허물어버린 적이 없었는데.

집 근처 전봇대에서 가발이 개의 똥을 치우고 있었다. 똥이 사람 것만큼이나 컸다.

"딸램, 무슨 일이 일어난 줄 알고 이제 오냐."

가발이 눈살을 찌푸렸다.

"연락 못 받았어?"

"무슨 연락이요?"

"어이구, 깜깜하구먼."

가발이 목줄을 잡아당겼다. 개가 컹, 하고 짖었다.

"새벽에 칼부림이 났다고, 칼부림이! 동네 시끄럽게 비명 지르고 난리였는데. 세상에, 119에 112에, 거 엄청 왔었다고."

대문은 닫혀 있을 뿐 잠겨 있지 않았다. 동지는 집으로 뛰어 들어갔다. 옳다구나 싶었는지 뒤에서 가발이 따라 들어오는 모양이었다. 개의 발톱이 대리석 계단을 차박차박 딛는 소리가 들렸다. 현관문은 잠겨 있었다. 도어 록을 누르는데, 도저히 비밀번호가 생각나지 않았다. 어려운 것도 아니었다. 아빠와 엄마의 생일 두 자리를 연결하면 그만이었다. 술에 떡이 되어도 잊지 않던 번호였는데. 다섯 번을 틀리자 도어 록이 요란한 소리를 내더니 더는 작동하지 않았다.

가발이 아쉽다는 듯 입을 다셨다.

"아깐 열려 있었는데. 아주 바닥에 피가 흥건했다고. 우리 개 똥 싸러 안 나왔으면 아주 큰일 날 뻔했는데, 내가 신고해서 경찰이 왔다. 딸램아, 알겠지? 네 엄마 내 덕에 산 거다, 알았지?"

"아저씨가 신고했다고요?"

"어, 그래. 내 덕에 산 거라고, 어? 엄마한테 꼭 말해라, 나중에?"

"그럼 엄마는 병원 간 거예요?"

"그럴 거다. 그……"

가발은 커다란 몸을 쭉 폈다.

"구급차 타고 갔으니."

동지는 눈을 질끈 감았다. 눈물이 나오려는 걸 참으려면 그럴 수밖에 없었다. 어둠 속에서 가발의 목소리가 이어졌다. 너네 집 청소하려면 골치 아프겠다, 우리 개 발 씻기는데도 아주 힘들더라, 피 묻은 게 영 빠지지 않아서 아직도 노리끼리해.

*

아빠는 해가 다 질 때쯤이 되어서야 전화를 받았다. 우습게도, 걸어서 20분도 걸리지 않는 작은 병원에 이송되었다고 했다. 가타부타 묻지 않고 동지는 뛰었다. 집에 차마 들어갈 수가 없어서 내내 마당 층계에 앉아 있었더니 무릎이 몹시 삐거덕댔다.

엄마와 아빠 모두가 다쳤다. 아빠는 팔과 등에 자상을 입었는데 몇 바늘 꿰매는 것으로 치료가 마무리되었다. 조금 더 많이 다쳐서 입원해야 했던 이는 엄마였는데, 복부를 찔렸으나 다행히 생명에는 지장이 없었다. 엄마는 왈칵 눈물을 터뜨리는 동지를 향해 말했다.

"그래도 네 아버지가 나를 보호하겠다고 감싸주더라,

애. 같이 산 정이 있는 건지. 근데 웃기지? 그 인간도 네 아빠는 함부로 못 찌르더라. 나는 잘만 쑤셔댔으면서, 응."

그 인간? 동지가 되물었다.

"네 막냇삼촌 말이야. 그래도 피 나눈 형제라고 일말의 양심이 있었던 건지 아님 그냥 형수라고 만만했던 건지."

"막냇삼촌이 이런 거야?"

"그럼 누가 그런지도 몰랐어, 여태껏?"

심신미약 상태에 놓일 때까지 낮술을 마시는 취객도, 흘러 흘러 서울에서 가장 저렴한 주거지를 찾아온 전과자도 동네엔 많았다. 이에 익숙한 동지는 그래서 대학 동기들과 서울 여기저기를 놀러 다닐 때마다 기묘하게 들뜨는 컵라면 뚜껑이 된 느낌을 받곤 했다. 아무래도 이런 일이 심심찮게 일어나는 동네였다. 그래서 동지는 누가 이런 짓을 벌인 것인지를 먼저 생각하지 않았다. 그걸 엄마의 말을 듣고서야 깨달았다.

"아무도 알려준 적이 없는데 내가 어떻게 알아!"

동지가 빽 소리를 질렀다. 서러움과 안도가 섞인 투정이었다.

"전화도 안 받고, 말도 안 해주고. 내 가족 소식을 동네 아저씨한테서 들어야 하는 게 말이 돼? 그것도 내가 제일 싫어하는 아저씨한테서?"

그러자 엄마는 갑자기 입을 꾹 다문 채 보조 침대에 앉아 있던 아빠의 등을 퍽퍽 후려치며 비명을 질러대기 시작했다.

"어머, 여보. 어머, 세상에. 당신 정신 나갔어? 시킨 거 다 상했겠다. 아니, 몸 성한 당신이 그런 건 좀 챙겨야지. 어머, 어떻게 해 아까워서! 내가 진짜 못 살아, 이 인간아!"

"지금 그게 문제야?"

동지가 묻자 엄마는 대답했다.

"그럼 그게 문제지! 하루 재룟값이 얼만데 그걸 생으로 날려. 어휴, 속상해. 내가 요새 좀 깜박깜박하기로서니, 세상에 그걸 까먹니. 엄마 어쩌면 좋냐, 동지야. 세상에, 까맣게 잊고 있었네 진짜! 어쩌면 좋니, 나?"

그때 별안간 심장이 덜컥 내려앉았다.

그것 말고 또 잊은 것이 모두에게 있단 걸 동지가 처음 깨달았기 때문이다.

*

다시 돌아온 집 앞은 캄캄했다. 개 짖는 소리와 발정 난 고양이 우는 소리가 동시에 났다. 그러나 동지가 헐떡이는 소리가 더 거셌다. 담배 한 대가 절실했지만 양심이 있지, 그딴 걸로 시간을 쓸 순 없었다. 동지는 대문을 열고서 성큼성큼 네 개의 층계를 올랐다. 낮엔 두려워 끝까지 누르지 못한 현관 비밀번호를 마구 입력했다.

문이 열렸다. 가발의 말대로 핏자국이 여기저기 흥건했다. 개 발자국과 사람 신발 자국 여럿이 벌겋게 어지러이 찍혀 있었다. 대체 동네 사람들이 얼마나 구경을 하러 드나든 것인가 싶었으나 그보다 중요한 것이 있었다.

"동윤아. 안동윤."

동지가 이름을 불렀다. 아무 대답이 없었다.

"안동윤! 동지 언니야, 동윤아. 나와, 안동윤!"

적막만이 감돌았다. 동지는 아득해져서, 눈을 감고 쪼그려 앉아버렸다.

애를 버리듯 떠넘긴 아버지가 갑자기 와서는 제 아이를 남의 구경거리로 삼았다며 칼을 휘둘렀다. 어느 중년 유튜버 채널에 월영시장 명물로 떴다고, 제 애의 얼굴을 허락도 없이 팔리게 만들어 화가 났다는 게 그의 변이었다고 아빠는 설명했다. 과연, 정말로 슬퍼서였을까? 정말로 분노해서였을까? 그럴지도, 혹은 자신이 그런 돈벌이 수단을 뺏겼단 생각에 꼭지가 돌았는지도, 아니 어쩌면 그저 무너지는 자신의 삶에 대해 화풀이할 대상이 필요했는지도.

그러나 정작 그 아이가 어디 갔는지는 그 자리에 있던 누구도 알지 못했다. 동지의 부모도, 사건 현장에 출동한 경찰도. 병원을 뛰어나오며 파출소에 전화한 동지에게, 교대 후 인수인계를 받았다는 그는 되물었다.

"현장에 애가 있었단 소린 못 들었는데요?"

"아니, 애 때문에 벌어진 일인데 애가 어디 갔는지 왜 아무도 모르는 건데요?"

"형제 관계라 서로 합의 원하셔서 그렇게 마무리해드리고 귀가 조치 했다고 나오는데요. 아이 얘긴 기록된 게 없어요. 전혀요."

개가 짖었다. 멀리서 들리던 소리가 빠르게 가까워졌다. 침을 가득 문 듯 습기 가득하게 헐떡대는 것만 들어도 알았다. 가발의 개였다. 또 동네 곳곳에 영역 표시를 하려는 모양이었다. 하긴 몸집이 그리 크니 하루에도 수십 번은 싸지 않을까 싶었다. 이리저리 돌아다니는 모습이 주인을 꼭 닮았다. 동네의 온갖 치부를 다 알고, 동지의 집에도 멋대로 들어오던.

그런데, 그런 가발마저도 동윤을 보지 못했을까?

분명 제 아버지가 칼을 들 때까지 동윤은 집에 있었을

것이다. 출근은 언제나 동지의 엄마와 함께하곤 했으니까. 그런데 일이 벌어졌고, 이후 도착한 경찰은 아이를 발견하지 못했다. 아이가 그 사이에 밖으로 도망쳤을까? 그럴 리가 없다고 동지는 생각했다. 동윤은 맡겨진 이래로 집과 자근포차 외엔 그 어디에도 나가볼 생각을 하지 않던 아이였다.

어쩌면 가발이 아이를 숨겼을지 모른다는 사실을 동지는 그제야 깨달았다. 만약 아이의 거취를 알지 못했다면 가발은, 궁금증을 숨기지 못했을 테니까. 그러나 가발은 아이가 어디 있는지 궁금하단 말을 한 적이 없었다.

아무도 안 찾는 아이를 어딘가에 숨겨 알량한 지배욕을 채운 것인가.

동지는 집을 나섰다. 언제나 월영시장과 부모의 일터가 지나치게 집에서 가깝다고 생각하여 불평했는데 지금은 너무 멀었다. 마라톤을 뛰는 기분이었다. 밤이 깊어도 미세 먼지 농도는 좋아질 기미를 보이지 않았다. 목이 칼칼했다. 그래도 뛰었다. 가래를 전봇대 밑에 뱉었다. 동지 자신이 경멸하던 동네 어르신들처럼.

포차 자물쇠를 여는 열쇠가 모종을 파는 옆 가게 화분 받침 아래에 있단 사실은 월영시장 사람들이라면 모두 알 것이었다. 가게들은 모두 그런 식으로 잠금 방식을 공유

하며 일종의 동료의식을 형성해왔다. 가령 모종 가게의 열쇠 역시 포차 환풍기 쪽에 숨겨져 있는 식이었다. 우리 모두 서로의 공간에 침입해 약탈할 수 있으나 편의를 위해 그러지 않도록 하자,란 약속을 하는 셈이었다.

엄마와 매번 함께 출근하던 동윤은 그 광경들을 눈에 중히 담았을 터였다.

동지는 화분 받침 아래를 깊숙이 더듬어 열쇠를 찾아냈다. 문을 열고 몇 걸음 들어서자마자 찰박찰박 소리가 났다. 한나절 방치된 식자재에서 흘러내린 물기가 바닥에 흥건히 고여 있었다. 아마 다 버려야 할 테지. 동지는 생각했다.

"동윤아."

생각하며 불렀다.

"동윤아, 이제 나와도 돼."

부르며 콧물을 훔쳤다.

달각.

소리가 들렸다. 동지가 제자리를 뱅뱅 돌았다.

달각달각.

동지는 곧바로 어디서 소리가 나는지 알아차렸다. 그 안에 들어가본 적이 없었다면 알아채지 못했을 것이다.

*

물 묻은 발자국이 어지러이 찍혔다. 다 동지의 것이었다. 동윤은 자신이 몇 시간을 숨어 있던 드럼통 의자 위에 앉아 입을 꾹 다문 채 눈물만 흘리고 있었다. 차라리 소리를 지르지, 하고 동지는 생각했다. 누가 여기 들어가라고 했어? 가발 쓴 아저씨? 그 아저씨가 그랬어? 동지가 아무리 물어도 동윤은 대답하지 않았다. 솔직하게 말해도 돼. 아무한테도 얘기 안 할게. 문이야 동윤이가 잠글 수 있는데 자물쇠까지 걸 수는 없잖아. 밖에서 문을 잠가준 건 누구야? 언니한테만 말해봐. 진짜 얘기 안 할게. 동지가 몇 번을 어르고 달랬으나 묵묵부답이었다.

뭐라도 먹여야 할 텐데. 난장판이 하나도 정리되지 않은 집으로 다시 데려갈 수는 없었다. 게다가 이제 동윤에게는 몹시 공포스러운 공간일 테니 더더욱. 오죽하면 포차로 달려왔을까. 오죽 무서웠으면.

어두워진 창 너머로 취객들이 움직였다. 간혹 이미 얼큰히 취해서는 동지가 써 붙인 '금일 휴업' 네 글자를 무시하고 포차로 들어오려 문을 잡고 흔드는 이들이 있었다. 그럴 때마다 어두운 가게 안에 덜컹덜컹 소리가 울리고 아이는 어깨를 떨었다.

동지는 천천히 일어섰다. 이토록 비참한 기분이 들었던 때가 있었나. 자신이 아니었더라면 아이는 몇 날 며칠 내내 잊혔을 수도 있었다. 그런데도 아이는 변함없이 냉담했다. 누가 문제인지는 알 수 없었다. 아이가 유별난 걸까, 아니면 내가 무능한 걸까. 동지가 줄곧 이용해먹던 평소 신조대로라면 문제는 어른이었다. 동지였다. 어쩌면 자신의 이 실패들이 저 어린아이의 삶에 악성 포자를 슬그머니 뿌렸을지도 몰랐다. 그토록 열심이었는데도, 그런데도 아무것도 변하지 않았다.

동지는 한숨을 쉬며 아이에게서 등을 돌렸다. 칼을 들고서는 박스들을 천천히 풀기 시작했다. 지금 할 수 있는 거라곤 겨우 이 정도였다. 다 상해버렸을 게 뻔한 식재료를 살피고 분류해 정리하는 것. 퇴원해 돌아올 부모를 위해서라도, 급한 일이었다. 그리고 혹시 몰랐다. 계란 하나 제대로 부칠 줄 모르는 동지가 마련해줄 수 있는 먹거리가 있을지도. 가령 참치나 파인애플 통조림, 혹은 전자레인지에 넣어 돌리기만 하면 되는 것들처럼.

그러나 자근포차가 인기 있는 이유가 남다르게 정성 들인 수제 식자재 때문이란 걸 모르진 않았다. 참으로 성실한 부부지. 동지는 땀을 뻘뻘 흘리며 동윤 쪽을 흘끗 보았다. 동윤이 멍하니 자신을 쳐다보고 있었다. 얼마나 한심해 보일까. 이제 마지막 박스였다. 이미 물을 가득 머금어 손톱으로 뜯기만 해도 박스는 허물어졌다.

닭이었다. 커다란 김장 봉투가 박스 안에 꾸역꾸역 들어 있었고, 헤쳐보자 그 안엔 닭이 가득했다. 시장 남문 쪽에 있는 닭집에서 온 박스였다. 지척에 있는 곳이므로 아마 드라이아이스 같은 걸 넣을 생각은 전혀 하지 않았을 것이다. 따로따로 포장할 생각도 없었을 것이다. 다 사정 아는 사람들이니까. 이웃이니까.

닭은 뜨끈했다. 상했을지도 몰랐다. 동지는 봐도 알 수 없지만. 통으로 된 닭은 딱 세 마리뿐이었다. 나머지는 모두 이미 먹기 좋게 부위별로 손질된 것들이었다. 내가 이걸 기뻐해야 하는 걸까? 안도해야 하는 걸까? 동지는 생각했다. 아이의 칼질은 그저 손님을 끌기 위한 광고판 역할이었을 뿐 노동력을 크게 착취한 것은 아니라는 것을, 테이블마다 올려져 있던 닭볶음탕은 공장 어딘가에서 근무하는 어른들이 끊어놓은 몸뚱이로 만든 거라는 것을, 다행으로 여겨야 하는 걸까?

동지는 통으로 된 닭의 다리를 잡고 천천히 들어 올렸다. 닭의 몸이 축 늘어졌다. 이상하게 아이 쪽을 보지 않아도, 안간힘을 쓰며 동지를 외면하던 아이의 눈길이 마침내 머무르고 있단 걸 감지할 수 있었다.

"이거 손질해야 하는데."

동지는 말했다.

"지금 안 하면 버려야 할 텐데. 동윤이가 안 해주면."

그 말을 지지라도 하듯, 어디선가 기어 나온 날파리들이 몇 마리씩 동지의 손 주변으로 타원을 그리며 돌아다녔다.

*

동윤이 닭을 두 마리째 해체하려 제 앞에 가져다 놓았을 때 동지는 슬그머니 세번째 것을 들고 다가섰다.

"가르쳐줄래? 나는 잘 몰라서."

'언니는 잘 몰라서'라 말하고 싶었으나 동윤이 동지 자신을 언니라 칭하고 싶어 하지 않을 것 같아 관두었다.

동윤은 대답하지 않았다. 그러나 동지가 자신의 옆에 앉아 칼을 드는 모습을 보고도 작업을 그만두지 않았다. 동지 앞에 있는 닭을 쓱 쳐다보고서는, 제 할 일을 하는 것이었다. 동지는 성장하는 내내 시장과 포차에서 최선을 다해 멀어지려 애썼지만, 그래서 칼자루를 쥐는 것조차 어색했지만, 그래서 다행이라 여겼다. 아마도 동윤이 자신을 모자란 인간이라 여길 터이니. 그래서 너그러울 수

52

있을 테니. 그래서 어떤 종류의 상처는 잊을 수도 있을 것
이니.

"숟가락 줘."

뭐? 동지가 묻자 동윤이 얼굴을 찌푸리더니 다시 말
했다.

"내장 빼야 되니까 숟가락 달라고."

동지는 허겁지겁 숟가락을 두 개 가져왔다. 하나는 제
손에 쥐었다. 동윤이 다시 신경질을 냈다.

"이 숟가락 아니야."

"뭐?"

"너무 커. 이거 아니야. 아줌마가 줬던 숟가락 달라고.
내 숟가락. 내 숟가락 달라고."

"난 네 숟가락이 뭔지 몰라."

"달라고!"

동지는 동윤을 물끄러미 바라보았다. 아이 역시 동지
에게서 눈을 떼지 않은 채 노려보고 있었다. 눈이 가늘어
졌다.

동지의 시선이 동윤의 손으로 옮겨 갔다. 동윤은 자신
이 이겼을 거라 여겼을지도 몰랐다. 아주 잠시 동안은.

"칼은 어른 것도 잘만 쓰면서 왜 숟가락은 애기 걸로 쓰
려 하는데?"

동지가 물었다.

"어른 숟가락도 맘대로 잘 쓸 수 있으면서 아닌 척은 왜 하는데?"

더 크게 외쳤다.

동윤의 몸이 뻣뻣하게 굳는 것이 느껴졌다. 동지는 몸을 움츠렸다. 동윤이 뭐라 반응할지 전혀 짐작할 수 없었기 때문이었다.

밖에서 또 노랫소리가 들렸다. 그러나 이제 더는 따라 부르는 이가 없었다. 집에 갈 시간이었다. 시장의 모든 공간이 텅 비는, 모든 사람의 모든 감정이 마감되는 시간.

동윤은 동지를 노려보았다.

동지는 동윤을 쳐다보았다.

대치는 아이가 입을 열 때까지 계속되었다. 시장의 모든 일을 아는 모든 사람이 결코 알지 못할 유일한 순간이었다.

모질의 역사

×

　제혁은 언제나 가발을, 꼿꼿이 세로로 세운 아령 위에 올려두었다. 아령은 제혁의 돌침대에서 손을 뻗으면 닿을 수 있는 곳에 한 쌍, 장롱 옆에 한 쌍, 그리고 거실에 두 쌍 있었다. 한군데에 정리해놓으면 안 되느냐며 죽기 전에 아내는 자주 싫은 소리를 했다. 제혁은 대답하지 않았다. 대꾸하면 바로 싸움으로 이어질 거란 사실을 너무나 잘 알았기 때문이다. 대신 '우리 집사람의 툭 튀어나온 배'를 바깥에서 우스개의 소재로 삼으며 절반 정도의 통쾌함을 느끼곤 했다. 남자들 사이에서는 언제나 잘 통하는 화제였고, 여자를 앞에 둔 경우에는 슬쩍 위아래를 훑어보며 그 이야길 꺼낼지 말지 재단하곤 했다.

　다 옛날이야기였다. 아내가 픽 죽어버리기 전에나 가능했던 것들. 여자의 갱년기를 두고 농담을 할 수 있던 때의.

이제는 아무도 제혁 앞에서 그걸 시도하지 않았다. 아내가 가평의 무슨 러브호텔에서 스스로 목숨을 끊은 날 이후로는, 아무도.

서울의 가장 서쪽에 위치한 이 동네에서 굳이 가평까지가 죽을 일이었을까.

거실에서 제혁은 요가 매트를 펼쳐놓고 유튜브 영상에 맞춰 스트레칭을 했다. 가발을 쓴 채였다. 똘이가 옆에서 혀를 빼문 채 엎드려 있었다. 아내가 죽은 후 똘이는 이름값을 하듯 바로 제혁에게 와서 애교를 부렸다. 거대한 몸집의 개가 자신에게 복종하는 모습이 나쁘지 않아서 제혁은 똘이를 입양 보내겠다는 생각을 접었다. 개 산책이 그렇게 귀찮은 일인지는 나중에야 알게 되었지만, 그래도 그 덕에 훨씬 많은 사람에게 김제혁이란 사람의 존재감을 각인시킬 수 있었다. 아내가 죽는 바람에 조금은 부침이 있었으나 제혁이 처신을 잘한 덕에 이제 사람들은 제혁을 비극의 원인 제공자가 아니라 피해자로 인식하기 시작한 듯했다. 당 대표도 말하지 않았는가. 슬픔을 최대한으로 드러내보라고. 상처한 중년 남성에 대한 연민을 가장 쉽게 가질 수 있는 층은 중년 여성이고, 그들이 가진 표의 수는 엄청나다고. 제혁은 최대한 불쌍해 보여야 했다. 불쌍하지만 머리숱이 많은. 불쌍하지만 잘 씻는. 불쌍하지만 팔다리에 제법 근육이 잡힌. 불쌍하지만 아내가 데려온 반려동물을 살뜰히 키우는. 불쌍하지만……

다음 동작은……

나긋한 유튜버의 말에 맞춰 양다리를 꼬고 선 채 허리를 구부리는 동작을 할 때, 작은방에서 요란한 음악이 터져 나왔다. 빠른 템포의 짧은 전주 후 흘러나오는 것은 여자 몇 명이서 부자연스럽게 높은 톤으로 웃음을 터뜨리고는 뭐라 떠들어대는 소리였다.

그리고 조금 후, 그 음색과 내용을 메아리처럼 똑같이 따라 하는 이의 음성이 이어졌다.

제혁은 거실 장에 올라가 있는 아령을 들었다. 그 끝을 그대로 작은방 문에 비스듬히 내려찍었다. 쿵, 소리가 났다. 쿵, 쿵, 쿵. 5킬로그램짜리 아령을 계속 가슴 높이에서 앞으로 뻗는 건 힘이 들었다. 몇 번을 내리치고 나자 소리가 멎었다.

제혁은 똘이의 목줄을 집었다. 귀신같이 눈치를 챈 똘이가 꼬리를 흔들었다. 제혁은 똘이를 산책시킬 준비를 하며 후우, 하고 몇 번이나 심호흡을 했다. 아내가 떠난 후로 심호흡을 해야만 버틸 수 있는 순간이 잦았다.

나는 행복하다,라는 말을 다섯 번 외어야 현관문을 나설 수 있었다.

÷

    정한은 파일을 재생했다. 이 화는 몇 번째로 보는 걸까? 백 번? 2백 번? 아니다…… 어쩌면 천 번? 산술적으로 가능한가? 정한은 손에 연필을 쥐고 자신의 삶을 시간 단위로 환산한 후, 〈무크와 무이〉 시리즈의 총 러닝타임으로 나눠보았다.

    지금 보고 있는 화는 정한이 특별히 좋아하는 에피소드다. 서로를 적대하는 두 종족 안에서 각자 살아오던 이란성쌍둥이가 처음 서로 같은 핏줄임을 알게 되는 순간. 어찌 보면 너무나도 클리셰적인 설정이었으나 중요한 것은 해일과도 같은 순간을 마주하게 된 무크와 무이의 표정과 자세가 그리고 입술을 움직여 마침내 표현해내는 마음들이 너무나 아름답다는 데 있었다. 특히 무이의 것이 조금더. 대단한 이유가 있는 건 아니었다. 쓸쓸한 침엽수림의 요정임을 상징하는 초록색 튜닉과 주근깨가 그리고 무엇보다 두 갈래로 땋은 머리카락이 좋았다.

    〈무크와 무이〉를 연극으로 만든다면 어떨까? 영화는? 뮤지컬은? 무이에 빠진 이후로 정한은 종일 상상하곤 했다. 그 어떤 배우의 얼굴을 갖다 붙여도 무이가 되기에는 부족할 것 같았다. 덩굴에 매달리고 나무를 기어오르고 작은 단도를 쥔 채 싸우면서도 아름다운 것밖에 모른다는 듯 구는 눈망울을 누가 연기해낼 수 있단 말인가?

그 오랜 상상에 불을 붙인 것은, "나는 내가 무크가 되어 숲에서 사는 생각을 맨날 하는데"라고 말했던 이였다.

정한은 달력을 쳐다보았다. 백 일 만의 외출이었다. 텀이 그렇게 긴 편은 아니었다. 1년 넘는 기간 동안 안 나간 적도 있으니까. 다만 이번 외출은 그 누구의 손에도 이끌린 것이 아니란 점이 특별했다. 이젠 전생의 것처럼만 느껴지는 공교육의 횡포, 엄마의 죽음과 장례식, 아빠의 이런저런, 정상처럼 보이고자 하는 시도…… 그 모든 것 때문이 아니라 오롯이 정한이 원해서 밖으로 나온다는 점이.

은둔형 외톨이. 사회의 사람들에게 정한은 그렇게 불리곤 했다.

아빠가 똘이를 데리고 산책을 나가는 소리가 들렸다. 도어 록 소리가 멎은 후 정한은 천천히 움직여 안방으로 향했다. 안방 옷장에 붙은 전신 거울에 몸을 비춰 봤다. 무이로서의 외출을 위해서는 먼저, 몸의 흉한 털들을 깎아내야 할 터였다. 코스프레 출사 공지가 뜬 이후 아버지 몰래 외출하는 상황에 대해 수없이 상상하고 연습해왔고, 그 모든 가상의 순간에 정한은 언제나, 거뭇한 털 없이 매끈한 몸으로 카메라의 플래시를 받아내고 있었다. 머리를 땋고 무이의 눈망울을 하고서는.

엄마가 살아 있었다면 엄마의 면도기를 쓸 수 있었을 텐데. 정한은 생각했다. 엄마는 어쩌면 정말로 나 때문에 죽은 것일까. 아빠가 이상했던 건 몇십 년인데 엄마는 내내 견뎌냈잖아. 하지만 내가 나 좋아하는 걸 드러내자마자 엄마는 죽어버리고 말았어.

거실에 나와 주렁주렁 열린 빨래들에서 수건과 속옷을 수확하며 중얼거렸다. 내가 엄마를 죽였다고 나는 생각해. 그런데 그게 죄일까? 나는 나여야만 하는데. 어차피 둘 중 하난 죽어야 할 운명이었을지도 몰라. 엄마는 절대로 날 받아들이지 못했을 거야. 엄마가 살았다면 당연히 내가 죽었겠지.

욕실에 들어서서는 여기저길 닥치는 대로 뒤졌지만, 면도기나 그 비슷한 걸 끝내 발견하지 못한 채 털이 부숭부숭한 몸으로 방에 돌아갔다.

×

급한 변의 탓에 근처 상가 화장실에 들러야 했다. 들른 김에 가쁜 숨도 고르고 땀을 식혔다. 요즘 들어 개 산책이 영 힘들었다. 똘이가 많이 큰 탓도 있을 터였다. 입양하던 당시에는 두 발로 선 채 몸을 일으켜도 겨우 제혁의 무릎까지 올까 말까 한 작은 강아지였는데, 이제는 제법 사냥개 태가 났다. 딱 원하던 대로 잘 커주었다. 먹인 값을 했다. 누구와는 다르게.

아내는 작은 견종을 원했으나 제혁의 말대로 대형견 새끼를 입양했다. 결과적으로는 옳은 선택이었다. 끝까지 책임지지 않고 떠났으니까. 똘이든 아들이든 제혁이든 간에, 그 모두를 저버리고.

손을 잘 씻고 나와서는 다시 목줄을 쥐었다. 똘이의 발이 먼저 시장 쪽으로 향했다. 개는 산책 코스를 완벽히 알았다. 아내의 장례를 마치고 돌아온 제혁이 처음 산책을 시키던 날 자꾸만 시장 가는 길과는 반대되는 방향으로 몸을 틀던 모습은 이미 오래전 사라지고 없었다. 아내는 시장을 싫어했다. 이 동네 자체를 싫어했으나 특히 월영시장에 대해서는 이상할 정도로 적대감을 드러냈다. 왜 그랬을까. 아마도 자신의 급에 맞지 않는다 생각했겠지.

아내가 그럴 때마다 제혁은 버럭버럭 화를 내곤 했다. 네가 동네 사람들과 잘 지내기만 했어도 진즉에 의원님 마누라 소리를 들었을 거라고, 그렇게 야단을 쳤다. 이웃이 들을까 걱정해 목소리는 조금 죽인 채였으나, 비행기가 지나갈 때는 원하는 만큼 크게 고함을 지를 수 있었다.

20년 전 이 동네에 이사 온 것은 제혁이 사업을 말아먹었기 때문이었다. 제혁도 아내도 서울에서 나고 자란 토박이였기에 제아무리 쪼들려도 지방으로 이주할 엄두는 낼 수 없었으나, 남아 있는 돈으로 지상의 부동산을 빌리는 것은 불가능했다. 정한은 그때 일곱 살이었는데 다니던 유치원을 그만두어야 했고, 결과적으로 종일 집구석에 앉아 부모가 서로를 탓하는 소리를 들어야 했다.

차라리 폭삭 망해버리지 그랬어? 그럼 당신 같은 도련님도 노가다를 뛰었을 거 아냐. 그거라도 했을 거 아냐. 아내의 말에 제혁은 되받아쳤다. 당신이 친정이랑 절연하지만 않았어도 이런 일은 없었어. 친정에서 설마 도움을 안 줬겠어?

당신 미쳤구나. 아내의 대답은 그랬다. 그 눈빛은 제혁의 꿈속에 끈질기게 등장하곤 했다. 제혁도 알았다. 아내가 부모와 연을 끊은 이유가 제혁과 결혼하기 위해서였다는 것을. 그러나, 제혁은 생각했다. 그러나, 그렇게 극단적

일 필요가 있었는가? 아내는 부모를 상식 이상으로 미워했다. 가끔은 제혁 자신마저 부모를 배척하기 위한 도구로 사용된단 인상을 받을 정도였으니. 아주 많이 맞았다고 아내는 말했다. 그러나 그 시기에 맞지 않고 큰 사람이 있던가? 아내는 너무 예민했다. 그걸 아들이 쏙 빼닮았다.

좌우지간 옛날이야기였다. 돈 없는 서울 토박이 부부는 햇빛이 최대한 많이 드는 곳에서 살기 위해 서울시란 행정구역 내에서 가장 임대료가 낮은 동네로 흘러 들어왔다. 공항으로부터 2킬로미터 남짓 떨어진, 1분에 세 대 정도 비행기가 다니는, 알람을 설정하지 않아도 비행기 다니는 소리 때문에 눈을 뜰 수 있는 곳에 자리를 잡았다.

제혁은 금세 비행기 소음에 익숙해졌다. 조금 시간이 지나자 아예 무감해졌다. 아내는 죽을 때까지 지치지도 않고 내내 진저리를 쳤다. 아들은…… 모르겠다. 그런 말을 나눠본 적이 없으니.

처음 이사를 왔을 때 제혁이 놀랐던 것은 서울 토박이가 드물단 사실이었다. 지방에서 상경해 가장 땅값이 저렴한 곳을 찾아 흘러든 경우가 대부분이었다. 서울에 산지 20~30년이 지났어도 자신을 서울 사람이라 여기지 않았다. 사투리 억양이 묘하게 섞인 말을 썼고, 서울 사람이 아니기에 뺏기는 것들이 많다고 불평을 늘어놓곤 했다.

제혁은 그들 사이에 끼어들어 이런저런 갈등을 해결해 주며 인맥을 쌓았다. 진짜 서울 사람. 각쟁이 아닌 서울 사람. 제혁은 그런 말을 들으며 동네를 누비고 다녔다. 서울 토박이란 정체성과는 아무 관련 없는 일을 해도 사람들은 모두 박수를 쳐주었다. 서울 사람을 아니까 좋네,라고 말하면서. 제혁은 기뻤다. 그러고 보면, 제혁의 실패는 실패가 아니라 이곳으로 흘러 들어오기 위한 운명의 촉발인 것 같기도 했다. 가치를 다시 증명받는 기분이었고, 계속해서 행복해지는 방향으로 쭉쭉 뻗어 나갔다. 그리고 그 결과로 10년 전 어느 날 이런 제안을 받았다. 가장 친하게 지내던 남자, 월영시장상인회 고문이자 월영새마을청년회 회장이던 박에게서.

제혁 형. 내가 좋은 분을 하나 아는데, 혹시 정치할 생각 없어?

÷

혹시 나를 알아볼 사람이 있을까. 정한은 마지막으로 찍은 사진―고등학교 졸업 앨범 사진―과 최대한 비슷한 구도로 얼굴이 보이도록 거울을 기울였다. 아무래도 알아볼 수 없을 것 같았다. 머리를 어깨 아래까지 길렀고, 체

중은 고등학교 시절보다 10킬로그램가량 빠져 있으니. 그래도 불안했다. 정말로, 가발과 짙은 화장을 믿으면 되는 걸까.

알림이 울렸다. 코스어들이 단톡방에 짧은 메시지를 연달아 보내고 있었다.

쥰 님이 거기 잘 아신다니까.

저도 이번엔 묻어 가려고요 ㅎ.

저도 스냅 맛집이라고 얘기만 들었지 가는 건 첨이라.

넘 기대 중 ㅎ.

그리고 메시지 하나 더.

쥰 님 실물 뵙는 것도 첨이라 두근두근해요. 드디어.

정한은 답을 보냈다.

저도 심장 뛰어여.

그러고서는 핸드폰을 멀리 떨어뜨려놓고 생각했다. 내가 지금, 무슨 짓을 하고 있는 것일까? 출사 모집에 스스로 신청을 해놓고서는 지금 와서 취소할 방도는 없을지 번민하는 중이었다.

실은, 끔찍하고 잔인했던 옛 동창이나 이웃 들이 휘적휘적 호수공원을 돌다가 자신을 알아볼 가능성보다 더 두려운 것이 있었다.

내가 아버지를 닮은 것은 아닐까. 누구나 꿰뚫어 볼 수 있는 망신살을 정작 당사자가 감각하지 못해 우스운 꼴로 설치는 인간이 되어버리는 것은 아닐까.

정한은 아버지의 얼굴이 크게 인쇄된 벽보 앞을 지날 때의 마음을 절대로 잊을 수가 없었다. 일생 살면서 가장 죽고 싶었던 순간이었고 아버지는 치아를 힘껏 드러낸 채 환히 웃고 있었다. 아버지는 기호 10번이었다. 10번. 아무도 눈여겨보지 않을 번호. 그 누구도 당선에 판돈을 걸지 않을 번호. 그 번호 아래에는 공약과 약력이 도저히 두 눈 뜨고 볼 수 없는 폰트로 적혀 있었다. 그 폰트가 최고로 수치스러웠다. 저게 쟤 아빠래, 하는 수군거림보다, 이거 하면 뭐 주냐? 하는 비웃음보다 더. 아름다움에 민감한 정한으로서는 도저히 그 폰트를 용서할 수 없었다.

내가 남들 앞에 서는 게 혹시나 아버지의 무용하고 흉한 출마와 유사하게 보이지 않을까. 그런 의구심에 정한은 매일 시달렸다. 할 수 있는 것은 상상이었다. 오랜 시간 동안, 최대한 자신을 이 방과 이 동네로부터 멀리 떨어뜨려놓기 위해 애를 써왔다. SNS로만 봤던 서울의 핫플로, 아니다, 한 번도 본 적 없는 동해로, 아니다, 아무도 같이 앉아주지 않아 혼자 흑돼지를 구워 먹던 수학여행의 기억이 있는 제주도로, 아니다, 해외로, 단톡방의 사람들이 숱하게 가봤다는 일본으로, 또 동남아로, 유럽으로, 존재를 도저히 믿을 수 없는 나라들로…… 정한은 그런 곳에 자신을 떨어뜨려놓고서는 자신이 우습게 보이지 않을지 시뮬레이션을 돌려왔으며, 상상 속의 결론은 언제나 우스꽝스러웠고, 그래서 밖으로 나가지 않았다. 아버지처럼 되고 싶지 않았다.

그 지난한 일상을 깬 이가 코스어 '심파이'였다. 심파이는 단톡방에서 가장 말이 많고 또 가장 위태로운 순간을 자주 노출하는 일원이었다. 심파이는 '쥰', 그러니까 정한과 5년 넘게 메시지를 나눠왔고, 정한은 몇 번이고 심파이 덕에 혼자만 힘든 게 아니라는 안도감을 선물 받았으며, 그리하여 드디어 용기를 낸 것이었다. 오로지 심파이를 실제로 만나기 위해 정한은 자신을 드러내기로 했다.

아니, 무이가 되기로 했다.

반경 1킬로미터 밖으로 벗어날 용기가 없어서 호수공원을 제안하긴 했지만. 자기 집에서 가까운 장소를 첫 만남 장소로 택한다는 게 매너 없는 짓이란 걸 정한도 잘 알았다. 그러나 어쩌겠는가? 정한은 그보다 멀리로는 절대 나갈 수 없었다.

그런데 어떻게, 어떻게 면도기가 집에 없을 수 있지.

은둔형 외톨이란 말을 들으면 사람들은 항상 씻지 않아 꼬질꼬질한 덩어리 비슷한 걸 떠올리곤 한다. 그러나 정한은 하루에 세 번 씻었다. 예쁘고 향기로운 게 좋으니까. 그 상태로 방에 진득이 앉아 있곤 했다.

준비를 철저히 하지 못한 자신을 탓했으나 면도기를 사러 밖으로 나갈 힘은 없었다. 그래서 합리화했다. 어차피 튜닉은 긴팔이고, 다리엔 검은 스타킹을 신을 테니 큰 상관은 없지 않을까. 언제 다시 나갈지 모르니 오늘 최대한으로 예뻐 보여야 해,라고 정한은 SNS에 적어 업로드했다. 그러나 자신도 알았다. '언제 다시 나갈지 모르니'란 말이 실은, '심파이가 오고 말았으니'란 구절로 치환되어야 마땅하단 사실을.

×

제혁은 똘이를 전봇대에 묶어두고서 자근포차로 들어섰다. 손금마저 기억할 수 있을 정도로 익숙한 이들이 손을 번쩍번쩍 들어 반겼다.

"자근딸램은 어디 갔어?"

사장에게 물으니 맥 빠지는 답이 왔다.

"우리 딸내미가 하도 지랄을 해가지고요, 의원님. 집에서 딸내미랑 둘이 있기로 했어요."

제혁은 얼굴을 찌푸렸다. 자근포차의 외동딸. 월영시장 상인회에서 장학금을 몇 번이나 줬는데 겨우 2년제를 가서는, 조용히 다닐 것이지 걸핏하면 눈을 흡뜨고 툴툴거렸다. 부모 양쪽 모두 친절하기 그지없는데 도대체 누굴 닮았는지 알 수가 없다고들 말이 많았다. 그런 퉁명스러운 애가 유아교육과에 진학했단 것도 참 미스터리였다.

"마누라가 아직 덜 나아서 음식 나오는 속도가 좀 느려요, 사장님들."

남편이 철판을 내오며 변명조로 말했다. 옳거니. 제혁은 누구보다 크고 빠르게 응답했다.

"거 누가 그런 걸 가지고 뭐라 합디까, 사장님? 그 광경이 얼마나 끔찍했는데! 사장님이 산 것만 해도 다행이에요. 그런 일이 다시는 일어나면 안 돼, 다시는!"

제혁이 외치자 좌중이 일제히 고개를 끄덕이며 한마디씩 얹었다. 우스웠다. 보지도 못했으면서 아는 척은. 사장은 희미하게 웃으며 서둘러 주방 쪽으로 돌아갔다.

칼부림 사건이 일어난 후 제혁의 무리는 전에 없던 활기를 띠었다. 마침 똘이를 산책시키던 제혁이 그 집에 들어가 더 큰 사고를 막았기 때문이다. 제혁은 꼼꼼히 현장 사진도 여러 장 찍어두었다. 누군가 조금 더 많이 다쳤다면 더욱 극적이었을 텐데, 하고 아쉬워하는 눈치로 무리는 그 사진들을 지치지도 않고 뜯어보곤 했다.

나는 그 정도로 미치진 않았다,라고 제혁은 생각했다. 자근포차의 마누라가 많이 다치지 않아서 정말 다행이라고 몇 번이고 되뇌었다. 그러나 그 사건에 대한 증언을 요청받을 때마다 이상하게도 불순한 생각이 끼어드는 걸 막을 도리가 없었다.

가령, 저 마누라가 죽었다면 내가 할 수 있는 말이 훨씬 많아졌을 텐데, 같은 것들.

"의원님, 날씨가 이렇게 오락가락하는데 축제는 어떻게 될까요?"

사장이 서비스라며 반숙프라이 몇 개를 내려놓더니 제혁에게 물었다. 사장은 항상 제혁을 의원님이라 불렀다. 제 맘속에선 이미 의원님이시니까, 하고 그는 말했고 제혁은 언제나 헷갈려 하는 중이었다. 나를 정말로 좋아하는 건가? 아니면 선거마다 몇백 표 정도를 받고 패배해온 나를 놀리는 건가? 그럴 때마다 여러 분야에서 잔뼈 굵은 당 대표가 했던 이야기를 떠올렸다.

제혁, 지금 자네는 성장 서사를 만들어내는 중이야. 자네만이 거대 양당의 횡포를 무찌를 수 있는 사람이야. 지난 선거도 보게. 두 주요 후보 중 그 누가 이곳을 제대로 알던가? 간판만 업고 당선된 애들이 결국 지금도 동네를 망치고 있지 않나. 모두가 후회하고 있어. 제혁, 이제 금방이야. 다음 선거 때 보자고. 김제혁이가 이변을 일으킬 거야. 전국 뉴스에 대서특필이 될 거라고. 전통수호당의 마스코트가 될 거라고!

본디 세상을 바꾸는 이들은 언제나 초기에 비웃음을 사는 법이네!

÷

쥰 님, 오늘 여기서 축제 한다는데여?

도착한 메시지를 정한은, 카톡방에 들어가지 않은 채 미리 보기로만 보았다. (사진)이라 적힌 미리 보기가 몇 번이고 계속해서 이어졌다. 무슨 사진인지는 설명해줄 수 없는 문구였다. 정한은 거실에 주저앉았다. 맹세코 절대로 몰랐다. 당연했다. 일개 동네 축제일 뿐이었으니, 인터넷 세상에선 공지되지 않을 정도로 작은 행사이니, 기껏해야 플래카드나 주민센터 앞 포스터 정도로만 홍보되었을 것이었다. 정한으로선 절대 볼 수 없는 수단으로만.

활기 넘치고 좋은데요.

이어지는 메시지는, 다정한 온점을 보니 심파이의 것이

었다.

와, 공원 너무 좋네. 왜 몰랐지? 평생 서울에 헛살았나
봐요.

화장실도 진짜 깨끗해요. 환복하기 너무 좋아요.

원래 풍경 사진은 잘 안 찍는데 오늘 벌써 몇 장 건졌
네요.

심파이가 연달아 올리는 메시지를 정한은 계속 미리 보
기로만 확인했다. 참 선한 사람이었다. 쥰이 주눅 들지 않
도록 노력해주는 게 빤했다. 아마 바보가 아닌 이상 그 단
톡방의 모두가 알고 있을 터였다.

축제라니. 상상도 못 했다. 도대체 어떻게 해야 할지 알
수 없어서, 가방을 열어 이미 스무 번쯤 확인한 가방 속
내용물을 다시 확인했다. 가발, 렌즈, 화장 도구와 제작을
의뢰했던 의상들, 그리고 여러 소품⋯⋯

약속을 어기고 끝내 등장하지 않는다면 어떻게 될까.
정한은 안전할 것이었다. 단톡방이야 나가면 그만이다. 자
신의 귀로 직접 들려오지 않는 비난은 없는 거나 마찬가
지라고 정한은 아주 옛날부터 생각해오고 있었다. 그게
바로 정한이 밖에 나가지 않는 이유이기도 했다. 너네 아
빠 존나 병신 같아,란 말을 들을 수 없다면 정한은 병신의
자식이 아니었다. 씨발 쟤 죽이고 싶다,라는 말을 듣지 않

는다면 정한은 공포에 떨지 않을 수 있었다.

그리구 여기 거대 냥이 있어요! 사람 손 탄 거 같은데 완전 귀여워요.

심파이가 이렇게 메시지를 활발히 보내는 것은 처음이었다. (사진)이라고 적힌 알림이 뒤를 이었다. 심파이가 보낸 사진일 터였다. 그 사진을 보려면 단톡방에 들어가야 했다. 단톡방에 들어간다면, 들어갈 수 있다면, 약속을 지켜야만 했다.

정한은 알림을 눌렀다. 사진이 떴다. 커다란 치즈색 고양이였다. 아마도 심파이의 것일 손이 고양이의 엉덩이를 두드리는 듯 올라가 있었다. 짧은 손톱에 연보라색 매니큐어가 단정히 발려 있었다. 정한이 가장 좋아하는 색이었다.

정한은 가방을 다시 주섬주섬 챙겼다.

축제라.

아버지가 거기 없을 리가 없었다. 누가 봐도 수상한 당 소속의 몇 수째 낙방하고 있는 후보라서 초청은 받지 못했을 수 있으나, 동네 일이라면 무엇에든 발을 걸치고 보는 위인이라 아마 기웃거리고 있을 게 분명했다. 정한을 발견하는 건 높은 확률로 가능한 일이었다. 호수공원이 그렇게 큰 곳은 아니니까. 호수의 둘레는 고작 9백 미터였다. 못 보는 게 오히려 이상했다.

그러나 아버지는 나를 모르는 척할 거야. 정한은 확신했다. 집에 와서 어떤 패악을 부리든 간에, 공원에서는 모든 순간이 탈 없이 지나갈 게 분명했다. 정한은 남들이 알아보지 못할 정도로 분장을 할 것이고, 이미지를 중요하게 생각하는 아버지는 본색을 끝내 드러내지 않을 것이었다.

×

어이, 우리 포차 사장님이 지금 장난하나! 술자리에 있던 이들이 일제히 핏대를 올렸다. 그 축제 때문에 우리 의원님 속이 얼마나 상했는데. 사장, 이거 안 되겠네 이거!

"어휴, 제가 뭘 압니까, 어르신들. 저는 장사하고 음식하는 것밖에 모르잖아요, 무식해서."

사장이 말하며 빠르게 뭔가를 부쳐 서비스랍시고 내놓았다. 젓가락 여러 쌍이 일제히 그곳을 향했다. 제혁은 팔짱을 끼고 있었다. 언짢음의 표현이었다. 의리도 없이 공짜 안주에 냅다 젓가락을 들이미는 이들에 대한 항의이기도 했다. 물론 한순간에 서비스 안주는 모두 사라졌지만.

"거 축제 공지 걸릴 때까지 의원님이 아무것도 몰랐다는 거 아니야."

맞은편에 앉은 종민이 쩝쩝댔다.

"그런 축제를 하려면 마땅히 터줏대감들 의견을 들어야지. 그런데 지들끼리 간첩처럼 다 짜놓고 말 한마디 안 했다는 거 아니냐고!"

"그러니까 말입니다."

사장이 맞장구를 쳤다. 손은 바쁘게 채소를 손질하는 중이었다.

"어떻게 그런 짓을 해요? 미쳤나 봐요, 진짜!"

"젊은 애들이 아주 무섭다니까. 전통에 대한 이해도, 어른에 대한 공경도 하나 없어요. 말이야 번드르르하지. 마을 살리자? 어, 좋아. 좋다고. 그런데 걔들이 말하는 마을에, 노인은 없다고요. 알아요? 걔들이 말하는 건 순 젊은 애들만 사는 마을이야. 우리는 없는 마을이라고. 어?"

제혁은 맞은편 손등을 툭 치고서 속삭였다. 종민아, 목소리가 크다. 종민이 손등을 문지르더니 잔을 들어 술을 벌컥 마셨다. 제혁은 한숨을 쉬었다. 종민은 제혁보다 열 살밖에 안 어린데도 자꾸만 자신을 노인으로 위치시켰다. 참 맘에 안 드는 버릇을 가진 동생이었다. 좋은 놈이긴 한데. 좆같은 헛소리를 참 많이 하는, 좋은 놈.

이럴 게 아니라 우리도 한번 갑시다, 어? 하고 종민이 헛소리를 하자마자 제혁은 후회했다. 그냥 너 같은 새끼 보기 싫다고 집에 보낼걸. 그러나 이미 술에 잔뜩 취한 이들은 모두 종민의 제안을 즐거워했다. 어어, 좋지 좋지! 보러가자!

젊은 애들이 뭐 하는지!

어영부영 계산을 하고 나왔다. 사위는 아직도 환했다. 시끄러운 포차 안에서는 몰랐는데, 밖으로 나와보니 쿵떡거리는 소음이 꽤 무시할 수 없는 음량으로 들려왔다. 제혁을 배제하고 진행되는 동네 축제의 소음일 것이었다.

똘이가 꼬리를 치는 소리가 들렸다. 저 행사의 소음을 이길 정도로 똘이는 큰 꼬리를 가지고 있었다. 이 얼마나 모순적인 순간인가! 제혁은 생각했다. 10년을 겨우 산 개는 사랑과 권력을 모두 갖고 몇십 년을 똥꼬 빠지게 노력해온 사람은 그러지 못한다는 게. 앞머리가 휘날렸다. 옆에서 종민이 개의 턱을 쓰다듬다가 툭, 똘이의 머리를 쳤다. 언제나 개를 키우고 싶어 안달하는 인간이라 똘이만 보면 어쩔 줄을 몰라 했다. 제혁은 포차 문손잡이에 묶어놓은 줄을 풀어 손에 쥐었다.

시장을 가로질렀다. 인사할 사람이 많았다. 평소 같았으면 여기저기 들러 근황을 묻고 노가리를 까야 했으나 지금은 그럴 시간이 없었다. 똘이가 멈출라치면 제혁이 줄을 잡아당겼다. 제혁도 실은 최대한 느리게 움직이고 싶었으나 무리가 이미 한참을 앞서 있었다.

마침내 시장을 벗어난 무리는 오른쪽으로 방향을 틀어 호수공원으로 올라가는 언덕으로 진입했다. 노래자랑이라도 하는 건지, 어떤 남녀가 1990년대 댄스 가요를 엉망으로 부르고 있었다. 참 이상도 하지. 분명 오고 싶지 않았는데 그 노래를 듣는 순간 이상한 호승심이 천천히 제혁의 몸을 타고 올랐다.

허, 나 원 참! 아주 신났네! 호수 기슭까지 오르자 옆에서 종민이 혀를 끌끌 찼다. 작은 동네 축제라고 치부했던 것이 무색할 정도로 많은 부스 때문이었다. 교회, 닭강정집, 떡집과 분식집, 그리고 또 교회, 목재 공방, 어린이 도서관, 그리고 다시 교회, 뜨개방과 전집, 또 교회. 부스도 많고 사람들은 더 많았다. 그 많은 사람이 모두 젊은이였다면, 그랬다면 제혁도 괜찮았을 것이다. 저들을 누가 먹여 키웠는지도 생각하지 않은 채 그저 기성세대에 대한 거부감만을 표하는 게 젊은 놈들이니까. 그러나 믿을 수 없게도 부스 주인 모두는 제혁을 잘 아는 이들이었고, 제혁보다 더 연로한 이들이 당연하다는 듯 잔치국수를 파는 교회 부스에 길게 줄을 서 있었다.

"저 노인네들은 뭘 싸게 팔기만 하면 똥파리들처럼 달려들어서."

종민이 옆에서 츳츳 하고 소리를 냈다.

"저렇게 먹고서는 입 싹 씻는 노인네들 아닙니까, 형님."

제혁이 대답했다.

"종민아."

"네, 의원님?"

"거 너 말이지."

"네, 형님."

"왜 이렇게 신났냐, 지금?"

÷

"아직이야?"

아니, 곧…… 곧 돼요. 정한은 중얼거렸다. 두 팔이 번갈아 등 위를 유영하고 있었다. 땀이 목덜미를 타고 비 오듯 쏟아졌다. 튜닉 원피스의 지퍼는 닿을 듯 닿을 듯 손에 닿지 않았다. 내가 이렇게까지 뻣뻣했나. 정한은 생각했다. 남자가 밖에서 다시 성마르게 물었다.

"도와줘?"

아니요, 괜찮아요. 정한은 말했다. 문밖의 남자에게는 아무런 도움도 받고 싶지 않았다. 보자마자 알았다. 정한이 가장 싫어하는 유형의 사람이었다. 남을 비웃기 위해 사는 사람. 비웃으면서 세상 살아갈 자존감을 얻는 사람.

중간까지 올라간 지퍼에 무언가 집혔는지 아무리 용을 써도 올라가지 않았다. 어쩔 수 없었다, 가발로 가리는 수밖에. 정한은 마음이 아팠다. 무이처럼 머리를 땋고 싶었는데. 머리 땋는 연습도 했는데. 지퍼를 보이지 않게 하려면 볼썽사납게 풀어헤쳐야만 했다.

밖으로 나가자 남자가 휘파람을 불었다. 이야, 생각보다 훨씬 본격적이네. 남자가 말했다. 진짜 예쁜데? 그냥 여장 남자가 아니라, 여자 같은데?

남자는 어디선가 섭외된 포토그래퍼였는데, 아무리 봐도 정한이나 다른 사람들처럼 코스프레에 대한 애정이나 이해는 전혀 없어 보였다. 워낙 주는 것 없이 손가락질만 하는 이들이 많았기에 모두는 오히려 그런 의심쩍은 모습에 무감한 것 같았다. 내가 너무 예민한가 봐, 하고 정한은 지금껏 생각해왔다.

그러나 '여자 같은데'라니. 정한은 여자가 아니라 하나의 실재하는 인물인 무이를 제 안으로 끌어들인 것인데.

남자를 뒤로하고 밖으로 나왔다. 이미 환복을 끝내고

기다리던 모두가, 정한을 보고선 환호성을 질렀다. 디테일과 완성도에 대한 칭찬이 오갔다. 정한이 받고 싶은 평가는 그런 것이었다. 자신이 얼마나 이 인물을, 그러니까 무이라는 이름을 가진 인물을, 사랑해마지않았는가에 관한 것들.

그리고 심파이가 이어서, 혹시 안에서 해코지하는 사람 없었어요? 하고 물었다.

굳이 남자가 정한을 따라 들어가도록 요청한 것도 심파이였다. 25년을 남자로 살았던 사람, 군대도 다녀온 사람, 지금은 서른 살이며 여자 화장실을 쓰는 심파이. 심파이는 자주 말하곤 했다. 준 님, 그거 아세요? 저는요, 언제나 화장실이 제일 무서웠어요. 화장실에서 변기 커버를 내린 채 울곤 한다는 사람들의 말이나, 같이 밥 먹을 사람이 없어 화장실에서 끼니를 해결한다며 올라오곤 하는 인증 숏 같은 것들이 저는 그렇게 부러웠어요. 그 사람들에겐 그거라도 있구나,라는 생각이 들어서요. 25년간 화장실은 제게 족쇄 같은 곳이었어요. 너는 절대 네 타고난 몸을 벗어날 수 없다고 말하는 것 같은. 저는 소변기 앞에 선 사람들을 보고 싶지 않았고, 왜냐하면 그들이 제가 봐서는 안 될 것만 같은 신체 부위를 지녔기 때문이었고, 그들은 나의 특이성을 정말로 잘 알아챘으며, 대부분의 경우 그 이후부터 쉽사리 괴롭혔어요.

수술을 받고 나서는요? 준이 묻자 심파이는 대답했었다. 그다음부터는 내 몸 전체를 미워하게 되었죠. 그전에는 다리 사이에 뻔뻔하게 매달려 있는 살덩이만을 떼어내고 싶었다면 수술 이후로는 이미 너무 넓어진 내 어깨나 들어갈 생각을 않는 목젖, 지나치게 큰 키와 각진 턱 같은 것들, 그런 것들을 모조리 다 저주하게 되었어요. 화장실에 들어가면, 모두가 날 힐끗대니까. 모두가 나를 무서워하니까. 나는 동족이라 생각하는데 그들은 그러지 않으니까.

정한은 심파이가 그런 말들을 해주는 게 좋았다. 살아온 세월을 통틀어 오로지 심파이만이 정한을 온전히 이해해주었다. 꾸짖지도, 비웃지도, 혹은 자신의 올바름을 외부에 과시하기 위한 도구로 여기지도 않았다.

"괜찮았어요. 혼자 들어가도 될 뻔했어요."

정한이 말하자 심파이가 웃었다. 심파이는 무크의 옷을 입고 있었다.

무크와 무이, 태어나자마자 불의의 재난으로 헤어진 쌍둥이.

심파이가 준에게 무이를 맡아줄 수 있겠냐고 묻지 않았다면 정한은 절대로 집을 벗어나지 않았을 것이다. 그러니 정한은 어쩌면 무이가 아니라 오롯이 심파이를, 혹은 무크를 위해 오랜 은둔을 깬 것일지도 몰랐다.

엄마는, 죽은 엄마를 탓하는 건 정말이지 해선 안 될 일 인 것 같았지만, 어쨌든 엄마는 그걸 몰랐다. 정한이 왜 방 으로 숨어드는지. 왜 호수공원의 초등학생도 구부정한 노 인도 쉽게 하고 있는 개 산책시키기조차 하지 못하는지.

왜 엄마는 전통수호당 기호 10번 김제혁보다 나를 더 부끄러워할까. 그게 정한의 가장 큰 의문이었다. 어린 정 한은 남자와 여자 모두가 공포스러웠다. 남자 어른들은 몸이 크면 그 두려움이 잦아들 거라고 했지만 아니, 그렇 지 않았다. 누군가를 볼 때마다 그가 자신을 해하는 상황 을 상상했고, 놀랍게도 대부분의 경우 그게 현실이 되었 기에 정한은 자신의 가설을 부정할 수 있는 반례를 마땅 히 구하지 못했다. 무엇보다 전통수호당 10번 김제혁 후 보 때문에 가장 많은 괴롭힘을 감내해야 했는데도 엄마와 아빠는 김제혁 후보에게 책임을 묻지 않았다.

아빠는 정한의 은둔을 외가 몇 사람의 정신병력 탓으로 몰아갔다. 그리고 엄마는 변호조차 하기 싫다는 듯 떠나 버렸다.

엄마가 있든 없든 크게 달라진 점이 없다고 말한다면, 그것 역시 손가락질받아 마땅한 것일까?

"쥰 님이 나와서 너무 좋아요."

무크의 모습을 한 심파이가 무이의 모습을 한 정한의 손목을 살짝 잡으며 속삭였다.

"정말로 보고 싶었거든요."

×

종민인 참 영리해,라는 말을 제혁은 자주 했다. 특히 종민은 손윗사람이나 지위가 높은 이의 심기 변화를 완벽히 포착한 후 납작 엎드려 공격을 피하는 것에 얄미울 정도로 능했는데, 육십대 중반이 다 된 남자가 가지기 쉬운 미덕은 결코 아니었다. 더불어 한 가지 장기가 더 있었는데 바로 자신에게 향한 총구의 방향을 슬그머니 다른 곳으로 돌리며 능글맞게 구는 일이었다.

"형님, 저게 뭐예요?"

왜 이렇게 신났냐,라는 말을 듣자마자 종민이 제혁의 어깨 너머를 가리켰다.

"형님, 제가 저거 때문에 정신이 팔려서 헛소리를 했나

봅니다. 형님 어째요. 저기 완전 정신병자 천지인데요, 형님……!"

제혁이 돌아보는 것보다 먼저, 무리가 그 광경을 보았다. 모두가 혀를 찼다. 종민이 이어 외쳤다. 이 축제인지 뭔지, 누가 열었는지 완전 개판이구먼! 저런 미친놈들을 불러들여서는……!

너는 인마, 일제를 겪은 적이 있냐?

제혁의 아버지는 딱 지금 제혁의 나이가 되었을 때부터 죽기 직전까지 그 말을 입에 달고 살았다.

그때 내가, 어? 어떻게 버티고 살아왔는지 네가 아냐? 네가 아냐고, 인마. 그런데 지금 와서 뭘 알지도 못하는 새끼들이 설치고 헛소리를 하고 씨부럴……

아버지가 그렇게 일갈할 때마다 제혁은 속으로 대답했다. 아버지, 그때 당신은 아주 어렸어요. 겨우 열다섯이었지. 뭘 기억은 합니까?

그러나 어느 순간 제혁은 비슷한 어조로 말하곤 했다. 너는 인마, 전쟁을 겪은 적이 있냐? 그때 내가, 어? 얼마나 무섭고 두려웠는지 너는 아냐? 네가 아냐고, 인마. 싹수가 노란 새끼들은 미리 잘라버리는 시대가 있었어, 인마!

그런 말을 정한이 아주 어렸을 때부터 수도 없이 뱉었

다. 어느 날, 아마도 열다섯이었을 때쯤 아들은 처음으로 대꾸했다.

아부지, 당신 그때 한 살이었잖아요. 뭘 기억은 해요?

그 말을 들은 이후의 몇 시간을 제혁은 의식적으로 잊었다. 무슨 짓을 했는지 기억하려 들지 않았다. 쓸려 가지 않고 남은 것은 그저 분노, 정말 힘들게 가진 늦둥이가 저 따위로 자신의 권위에 도전하는 현실에 대한 노여움뿐이었다.

"저거 저거, 저런 걸 애들이 보면 큰일 난다고요, 형님."

이상한 옷을 입고 가발을 쓴, 성별조차 알 수 없는 무리는 카메라 앞에서 이런저런 포즈를 취했다. 월영합기도라고 적힌 가방을 멘 아이들이 무리 옆에 다글다글 몰려들어 저마다 묻고 싶은 것들을 크게 소리치고 있었다. 월영동에서 손에 꼽을 정도로 수가 적은 새 나라의 새싹들이 하필이면 그 무리 앞에 우르르. 아이를 낳음으로써 애국한, 그러나 정작 지금껏 애국해온 월영동의 노인들을 대놓고 피하는 젊은 모친들은 아이들 주변에서 슬리퍼를 끌며 종종대고 있었다. 제혁의 또래들은 가련하게도 조금 더 먼 곳에서 힐끔댔다. 누가 뭐라고 할 법도 한데. 제혁은 주위를 둘러보았다. 월영동에는 아침부터 술에 절어 있는 노인들이 요일을 불문하고 거리에 많았다. 주로 편의점 앞 테이블에 소주나 막걸리 병을 얹어둔 채 앉아 있는 사람들. 축제 현장에 취객이 없을 리가 없는데. 그런 취객이 저들에게 호통치는 장면을 제혁은 바랐다. 자신 대신 그들이 최악의 행패를 부림으로써 저 정신 나간 젊은 놈들을 날벌레 쫓듯 흩어지게 만들기를.

그때 종민이 핸드폰을 들고서는 다른 손으로 제혁의 어깨를 주무르기 시작했다.

형님. 제가 다 찍어놓을 테니까 가서 뭐라고 좀 하셔요, 형님. 이게 무슨 흉한 짓거리여, 예? 이거 위아래도 없이 축제 기획한 새끼들도 조져야 하고 또 우리 월영동 주민들도 저런 걸 봐서는 안 됩니다, 예? 미풍양속! 미풍양속을 완전히 해치는 새끼들이잖아요, 저건…… 형님, 이걸 형님이 그냥 넘어가면 큰일 납니다. 형님은 정치한답시고 뻐기는 다른 새끼들이랑은 차원이 다른 분이잖아요? 형님은 정말로 우리 월영동을 위해 일생을 바친 분이잖아요?

그렇지.

제혁은 자주 그날 꿈을 꿨다. 아내와 함께 아이 담임의 호출에 응했던 날. 아이 담임이, 어디 출신이라고 했더라, 어쨌든 서울 시내였는데, 되게 잘사는 동네 출신이었단 사실만 기억에 남아 있었다. 그게 월영중학교에서 그 담임이 가지는 정체성의 전부였다.

"아버님 어머님, 정한이가 뭘 좋아하는지 혹시 물어보셨어요?"

담임의 말에 아내는 화를 냈다.

"선생님, 선생님은 그런 거 생각하면서 공부하셨어요? 아니면서 가난하고 만만한 사람들한테 이상을 실험하려고 들지 말아요. 선생님 같은 사람은 아무것도 몰라요."

제혁은 한 손으로 아내의 손목을 잡아 슬쩍 비틀면서 말했다.

"선생님, 선생님은 외지 분이라고 들었는데, 월영동을 좋아하십니까?"

광대를 힘껏 올려 웃으면서.

"제가 좋아하는 건 월영동입니다. 선생님, 선생님은 월영동 사람들을 좋아하십니까?"

이어 덧붙였다.

"기회가 되면 얼른 잘사는 동네로 내빼실 거 아닙니까?"

÷

나는 저 사람을 모른 척해야만 한다.

제혁을 발견하고 나서 정한은 몇 번이고 속으로 되뇌었다. 모르는 사람이다, 정말로 알지 못하는 사람이다, 저 사람은 그저, 그저 경우 없는 노인 무리의 일원일 뿐이다……

머리에서 나기 시작한 땀이 깊게 팬 등줄기를 따라 흘러내렸다. 가발 때문이었다. 가발이 이렇게 사람을 덥게 만드는 줄 정한은 미처 몰랐다.

"또 틀딱들이네."

코스어 중 하나가 말했다.

"적당히 사리고 잘 모면하는 거 아시죠, 여러분? 무사 해산, 아시죠 여러분?"

무사 해산. 정한도 잘 아는 강령이었다. 꿈처럼 사라지기. 주장하거나 대거리하지 않기. 배척하는 이들의 모든 공격을 무화하기.

유령이 된 것처럼 굴기.

"와, 사진 찍어주세요!"

"사인해주세요!"

합기도장 가방을 멘 아이들에게 심파이는 연예인처럼 여러 포즈를 취해주고, 또 어루만지고 얼싸안으며 각자에게 완벽히 똑같은 말을 했다. 어떻게 이렇게 듬직해? 꿈을 다 이룰 거 같은데? 응, 언니가 점쟁이야. 그래서 언니는

다 알아. 다 알아서 말해주는 거야!

"언니예요?"

어느 아이의 물음에도 심파이는 여전히 웃음을 보이며 대답했다. 그럼 언니지, 아니면 내가 뭐겠니?

"근데 목소리가 왜 남자 같아요?"

"남자 같은 게 뭔데?"

아이는 어어어, 하고 얼버무리더니 말을 돌렸다.

"언니 이름이 뭐예요?"

"무크야."

심파이는 그룹에서 가장 몰입을 잘하는 이라고 했다. 완벽하게 그 캐릭터가 된 것처럼 말하고 행동하는 것. 그게 좋은 코스어의 일차 조건이었다. 어떻게 그럴 수 있어요? 오로지 심파이를 만나고 싶다는, 심파이와 얼굴을 맞대고 이야기하고 싶다는 마음 하나로 호수공원에서의 출사를 제안한 정한이 뒤늦게 막막해져 물었을 때 심파이에게서는, 뭐라고 메시지가 왔더라.

왜, 소설 같은 거 읽으면 내 영혼이 위에 둥둥 떠서 나를 지켜보는, 그런 장면이 클리셰처럼 많이 등장하잖아요. 주로 안 좋은 장면에서요.

소설을 읽지 않는 편이지만 정한은 네, 하고 답을 썼다. 심파이의 메시지가 뒤따랐다.

나는 반대로 불러들이는 연습을 자주 했어요.

불러요?

무서웠거든요. 그렇게 나쁜 일이 일어날 때마다 나를 띄워놓는 일을 반복하다 보면, 내 몸이 언젠가는 정말로 무거운 껍데기처럼 여겨질 것 같아서. 저거 없으면 내가 참 편하겠지, 할 것 같아서.

원래 그런 생각은 당연히 드는 게 아닌가요,라고 정한은 천천히 타이핑을 해나갔으나 심파이의 메시지가 먼저 이어 떴다.

그런데 그러기에는 내가 예쁜 걸 너무 좋아하는 거예요.

정한은 타이핑을 멈추었다.

입어보고 싶은 것도 발라보고 싶은 것도 너무 많았어. 남자 옷이 그렇게 싫고 원피스랑 구두 들이 그렇게 좋았는데, 맨날 인터넷으로 구경하는 건 그런 것밖에 없었는데, 장바구니에도 가득 담겨 있었는데, 막상 한 번을 하지 못하면 얼마나 슬퍼요?

그래서.

그래서 반대로 한 거죠. 고난을 겪는 캐릭터를 내 안으로 불러들여서는 나를 감싸 막아주게 만든 거예요. 나 자신은 아무래도 그런 주인공이 되긴 힘들잖아요. 그러니까 주인공더러 대신 힘들라고 한 거죠. 고용한 거야. 어차피 너는 이

걸 견뎌야 하잖아, 하고 달래면서요.

정한은 심파이가 어느 정도의 폭력을 당했는지 알고 있었다. 눈팅만 하던 쥰이 처음으로 댓글을 달았던 그 글의 내용.

그리고 내가 불러본 애들 중에선 무크가 제일 세더라고요. 사실 그렇게 기대는 안 했는데. 음, 아마 쌍둥이 설정이어서인지도 몰라. 나서부터 빽이 있으니까.

얼버무리던 아이 옆에 있던, 얼굴이 똑같으니 아마도 일란성쌍둥이일 아이가 이번엔 정한에게 똑같은 질문을 던졌다.

"옆에 언니는요?"

정한은 입을 움찔거렸다. 몸에 힘을 주었다. 목덜미가 축축했다. 콧속이 근지러웠다. 개가 월월 짖는 소리가 들렸다. 잘 아는 개. 오래 같이 산 개.

불러들이자. 정한은 속으로 스스로에게 몇 번을 말했다. 불러들여. 내 몸을 그 애가 차지하도록 내버려둬. 저항하지 않고, 회의하지 않고, 또 매일 곱씹는 과거를 제발 좀 내려놓고. 옆에 무크가 있으니 무이가 함께 있는 것이 당연한 설정이야. 충실히 설정을 따르는 착한 코스어가 되자고.

다시 개가 짖었다. 개가 목줄을 쥔 이의 명령을 거슬러

정한을 향해 몸을 있는 힘껏 움직였고, 이윽고 개의 주인이 목줄을 놓쳤다. 척척한 발이 스타킹 신은 다리에 와서 붙었다. 개가 실컷 꼬리를 흔들었다. 발톱에 잘못 걸렸는지 죽, 하고 스타킹 찢어지는 소리가 났다. 정한에게 이름을 물었던 아이가 꺅꺅 비명을 질렀다. 시야에 들어오지 않던 아이 어머니가 비명을 듣고 서둘러 달려왔다. 멀리서 한들거리며 누군가와 담소를 나누던 이였다.

정한은 개의 얼굴을 내려다보았다. 개는 혀를 빼문 채 웃고 있었다. 컹! 개가 짖으며 두 다리로 버티다, 다시 몸을 낮춰 네 다리로 서다를 반복했다. 그럴 때마다 개의 발톱에 올이 걸린 스타킹이 계속해서 너덜너덜해졌다.

코스어들이 섣불리 도우러 다가오지 못하는 이유는 아마 개가 지나치게 커서일 것이었다. 아니면 털 부숭부숭한 정한의 다리가 창피해서일 수도. 질문에 대한 답을 얻지 못한 아이가 엄마의 손에 질질 이끌려 사라졌지만 개는 정한을 건드리며 춤추기를 멈추지 않았다.

"강아지가 보나 보다."

아, 있었다. 정한의 옆에서 멀어지지 않은 사람이.

"강아지는 혼을 본다고 하잖아요. 무이를 보나 보다. 그래서 쥰한테 이렇게 와서 붙나 봐."

제발 마지막까지 그렇게 오해해줘요. 제발. 간절히 중얼거리던 정한의 시선이 바닥에 질질 끌리는 중인 개의 긴 목줄을 따라 움직였다. 그 끝에 누가 있는지 잘 알면서, 왜 나는 굳이 확인하려 드는 걸까. 어쩌면 비극을 눈앞에 둔 일종의 자학인지도 모른다. 눈을 질끈 감고 턱을 한껏 치켜든 후, 다시 눈꺼풀을 들어 올리고서는 천천히 고개를 내리기 시작했다. 익숙한 인조모의 숲이 시야에 들어오길 기다리며.

그때 셔터 누르는 소리가 났다. 그 소리를 듣고 나서야 비로소 정한은 깨달았다. 사진 한번 제대로 찍히지 못하고, 포즈 한번 뻔뻔히 취하지 못하고 이런 상황에 처했단 사실을. 얼마나 많이 준비했고, 얼마나 큰돈을 썼으며, 또 얼마나 힘겹게 마음을 다잡아야 했는데.

포토그래퍼였다. 그가 땅바닥에 몸을 붙인 채 렌즈를 정한의 다리털에 대고 있었다.

×

제혁은 어두운 월영시장을 휘청휘청 걸어 지났다. 언제 해가 졌나? 기억나지 않았다. 언제 혼자가 됐나? 그것도 기억나지 않았다. 마지막 기억은, 희한한 옷을 입은 아들에게서 똘이를 떼어내 도망쳤던 것, 호수를 더 돌고 싶다는 무리에게 기어코 윽박질러 축제의 기운이 닿지 않은 월영시장으로 다시 돌아왔던 것, 자근포차가 아닌 또 다른 단골집에 자리를 잡았던 것뿐이었다. 눈을 떴을 땐 시장 끝자락의 보도블록에 엎드려 침을 흘리고 있었고 똘이도 무리도 어디 갔는지 알 수 없었다.

요상한 옷을 입고 있던 그 새끼가 화장까지 곱게 하고 있던 건 자못 다행이라 아니 할 수 없었다. 아무도 제혁의 아들이란 걸 알아보지 못했으니까. 물론 무리 모두 제혁의 아들을 본 지가 너무나 오래되기도 했다. 똘이가 눈치도 없이 돌진해 애교를 부리는 바람에 가슴이 철렁 내려앉았지만, 하하, 이놈 자식이 그새 또 발정이 났나,라고 말하며 놓친 목줄을 잡아 끌어당기는 제혁의 대처에 모두가 킬킬 웃으며 음담패설을 시작한 걸 보면 위험은 잘 봉합된 듯했다.

난 의원님이 되어야 하는 사람인데. 보는 눈이 많으니 험한 꼴을 보이면 안 되는데. 대체 뭣 하다 만취해 길거리에서 눈을 뜨는 지경에 이르렀을까. 제혁은 여러모로 걷는 게 힘들어져 다시금 어느 길턱에 주저앉았다. 그에 인접해 지나가던 차가 빠앙, 하고 길게 경적을 울렸다.

아들의 얼굴을 태양 아래서 보는 것은 정말로 오랜만이었다. 아마도 아내의 발인일 이후로는, 처음. 잊고 있던 기억이 천천히 수면 위로 떠올랐다. 종민이 뭐라고 했더라. 잔뜩 얼굴이 불콰해져서는, 계란말이를 우걱우걱 입에 집어넣으며.

'형님 그, 똘이 새끼가 발정하던 개요. 개 몸매가 아주 낭창낭창하더라고요. 나 솔직히 생각했습니다. 아, 우리 똘이 새끼, 똘이 이 새끼…… 존나 남자구나!'

그러고는 덧붙였다.

'나중에 원피스 흘러내릴 때 아주 볼만하더라고요!'

개새끼.

제혁은 중얼거렸다.

개새끼, 할 말 못 할 말 못 가리고 천박해가지고서는……

날이 급격히 더워져 밖에서 자도 큰 무리가 없을 것 같았다. 음, 어쩌면 이런 식의 인간적인 면모를 보여주는 정치인에게 사람들은 호감을 품지 않을까? 아직도 알코올이 다 건조되지 않아 흠뻑 젖은 제혁의 뇌는 그런 식으로 사고했다. 그리고, 왠지 보도블록이 너무 편안해 보여서, 다시 그 위로 스르르 몸을 뉘었다.

÷

꿈을 꾸는 것처럼 집에 돌아왔을 때, 목줄을 단 똘이가 제 집 대문 앞에 서 있었기에 정한은 조금 놀랐다. 똘이가 그렇게 있다는 것은 곧 제혁이 집에 들어오지 않았다는 뜻이기도 했으므로 안심이 되는 동시에, 화가 났다. 목줄을 질질 끌며 동네를 함부로 돌아다니다 차에라도 치였으면 어쩌려고 그랬는가? 목줄이 자동차 뒷바퀴에 빨려 들어가기라도 했다면 어쩔 뻔했는가?

똘아, 이리 와. 정한이 말하기도 전에 똘이가 먼저 꼬리를 치며 다가왔다. 어디서 뒹굴다 왔는지 옆구리가 온통 시커멓다. 우리 똘이 또 목욕해야겠네. 며칠 전에도 했잖아, 발바닥에 피를 잔뜩 묻혀 와서는…… 정한이 중얼거리며 양손으로 똘이의 볼을 잡아 조몰락거렸다. 손바닥이 침으로 축축해졌다.

똘이를 데리고 마당으로 들어가 대문을 닫았다. 이렇게 들어가면 아빠가 이놈 한다, 이놈 해, 말하며 똘이를 안으려 했으나 똘이는 집에 들어갈 생각이 없는지 다리에 힘을 주고서는 계속 얼굴만 핥을 뿐이었다.

심파이가 포토그래퍼의 멱살을 잡아 내팽개치고 그가

꽁무니를 뺀 후에도 꽤 시간이 지나서야 코스어들은, 사진 찍을 사람이 하나도 없네,라고 말하며 헛웃음을 지었다. 축제를 보러 온 사람들은 여전히 그들을 흘끔댔고 분수는 속도 모른 채 물을 성실하게 내뿜었다. 죄송해요, 저 때문에…… 라고 정한이 말했으나 모두 손을 내저었다. 아니, 왜 줌 때문이에요. 굳이 따지자면 그 개 때문이잖아요. 나 그 개 보고 진짜 놀랐잖아요. 줌 정말 다칠 뻔했어요. 그 개가 공격하는 줄 알았다고요. 근데 그 개 주인이었던 아저씨 어디 갔어요? 아니, 사람 옷을 이렇게 망쳐놓고서는 어떻게 사과 한마디 없이 내빼죠? 아니, 사과가 뭐야. 그 아저씨 일행들은 우리보고 침을 탁 뱉었다니까?

정한은 똘이가 제 작은 동거인을 보고 반가워 달려들었을 뿐이라는 사실을 알고 있었으나 입을 다물고서는, 다만 땀을 흘릴 뿐이었다. 가발이 이렇게 사람을 덥게 만들 줄 몰랐다. 똘이의 서슬에 반쯤 흘러내린 옷의 지퍼를 온전히 올리긴 했다. 심파이가 해주었다. 이럴 줄 알았으면 그냥, 그냥 심파이에게 부탁할걸. 그러면 머리도 땋을 수 있었을 텐데. 정한은 후회하다가, 어차피 사진사가 사라졌는데 무슨 소용인가, 하고 스스로를 우습다 여겼다.

"미안해요. 나 때문이에요. 내가 성질을 못 다스려서. 다들 열심히 준비했는데."

심파이의 말에 모두 펄쩍 뛰었다. 언니, 그게 무슨 소리예요. 우리가 그런 변태 새끼들 한두 번 봐요? 언니 아니었으면 우리 다 당할 뻔했다고요!

"사진은 언제든 찍을 수 있잖아요. 그리고 뭐, 우리가 사진 때문에 코스하나? 아니잖아요. 사진은 그냥, 거드는 거지."

비행기가 날았다. 와, 비행기 이렇게 낮게 나는 거 처음 봐! 민망해진 사람들이 괜히 하늘을 가리켰다. 정한도 시선을 들었다. 비행기는 빠르게 날아 정한이 한때 잘 알던 곳 쪽으로 사라졌다.

지긋지긋해, 하고 엄마가 말하던 곳.

"밥 먹으러 가요."

정한이 말했다.

"시장에 먹을 데 많거든요."

밥 먹으러 가잔 말을 한 이유는 단 하나. 아주 어렸던 때, 모든 게 서서히 침식되기 직전, 부모의 절망을 이해하지 못한 채 낯선 시장에서 맛있게 먹었던 이사 날의 음식들, 그 기억 때문이었다.

밤하늘은 고요했다. 아무런 비행기도 다니지 않는 아주 짧은 시간. 혼자 방에 처박혀 있던 매일, 아직 그룹도 심파이도 만나지 못했던 시기, 비행기가 다니는 소리로 정한은 시간을 셈했다. 사람들이 멀쩡히 어떻게든 살고 있다는 걸 오로지 그것으로만 감각했었다.

"똘아."

정한이 불렀다.

"똘아, 형아 머리 예쁘지."

정한이 땋은 머리칼을 똘이에게 내밀었다. 똘이가 머리다발을 핥았다.

바라보는 마음

내 전생이 오봉이었단 걸 명규 씨는 모른다. 명규 씨가 그걸 알아주지 않아서 나는 서운한 걸까, 생각하면 당연히 아니다. 나는 그렇게 이기적이지 않다. 그러나 명규 씨가 알아주길 바랄 때가 거의 대부분이다. 그건 서운함의 가능성이 부재하는 바람이다. 그러니 '꿈' 같은 단어로 다시 표현할 수 있을 것이다.

오봉이란 이름의 개로 살 때는 내내 명규 씨에게 미안했다. 꼭두새벽부터 일어나 운전을 해서 창고로 향하고, 옷감에서 나온 먼지를 끝없이 마시고, 내리 재채기를 하며 쌓아놓은 옷 더미를 또 바삐 나르고, 한 장에 5천 원도 안 하는 옷을 더 깎으려 드는 노인들과 지지고 볶느라 피곤에 절어 있던 명규 씨. 그 명규 씨가 자주 가게 문을 닫아걸고서는 산책까지 가야 했으니까. 겨우 똥오줌을 위해! 오봉은 그게 너무 미안해서 옆 가게 담벼락 같은 곳에 슬쩍 실례를 하려고도 해봤으나 귀신같은 똥구멍은 산책

없이는 꾹 막혔다.

오봉은 명규 씨와 산 지 15년째에 죽었다. 숨이 꼴딱 넘어갈 때까지 섧게 울었다. 명규 씨가 너무 걱정되어서. 명규 씨가 보고 싶을 것 같아서. 명규 씨를 사랑해서. 그렇게 울고서는 꼴딱, 아무것도 보이지 않는 암흑의 세계로 넘어갔다.

그랬는데, 한참의 침묵을 견디다 별안간 다시 눈을 떴을 때, 나는 똥구멍에 힘을 주던 그 담벼락 아래에서 허우적대고 있었다.

얼마나 기쁘고 또 막연했던가. 이유는 모르겠으나 어쨌든 어미가 낳자마자 버린 아기 고양이로 다시 태어난 것이다. 상황을 직감하자마자 삐악거리며 나오던 울음소리를 당장 멈추었다. 목구멍이 간지러웠으나 입을 꾹 다물고 안간힘을 다해 참았다. 사지를 버둥거리며 조금씩 기었다. 경중경중, 한 번의 보폭이면 충분했던 거리를 필사적으로 움직이고서는 힘이 다 빠져 축 늘어졌다. 그러다가도 사람 소리가 나면 다시 비틀비틀 움직였다. 그토록 애를 쓴 덕에, 나와 같이 태어난 형제들을 옮기는 누군가의 손을 깨진 벽돌 사이에 숨어 피할 수 있었다.

그러고서는 명규 씨의 가게에서 제일 잘 들릴 곳, 그러니까 환풍구 쪽까지 어떻게든 올라가 삐악삐악 울었다.

명규 씨가 나를 발견할 때까지. 누가 봐도 영양이 충분하지 않은 상태인, 곧 죽을지도 모르는, 그 예전의 강아지 오봉보다도 가여워 뵈는 아기 고양이를 서둘러 자신의 공간으로 보듬어 갈 때까지, 나는 목이 쉬도록 울었다.

그때 나는 그냥 울지 않았다.

사랑해, 명규 씨.

주문을 외듯 말하면서 울었다.

내가 너무 사랑해서 옥황상제님이 다시 보내주었나 봐.

명규 씨는 당연히 알아듣지 못했겠으나 또 너무나 당연히, 명규 씨라면 응당 그랬을 그대로, 나를 거두었다. 하루에 열 번 분유를 먹였고 혹 죽진 않았나 150번 들여다보았다. 손을 벌벌 떨며 병원비를 지불하였으며 아주 견고하게 얼굴을 어깨에 딱 고정하고는 내 파란 눈을 마주하며 싱긋 웃었다.

*

명규 씨는 남이 입다 버린 옷을 다시 가져와 파는 일을 했다. 르앙구제라는 작은 가게의 사장이었고, 하루에 열두 시간 동안 혼자 가게를 보았다. 그리고 그 가게의 1대 마스코트는 믹스견 오봉이었다. 2대 마스코트는 당연히, 코

숏 꼬봉.

코딱지들은 내가 삐악거리며 젖병 꼭지를 물자마자 내가 과거에 오봉이었음을 바로 알아보았다. 같이 머무른 세월의 더께가 두꺼워서인지, 죽지 않으려 애처롭게 분유를 쪽쪽 빠는데도 옆에서 왜 다시 왔냐, 정신 빠졌네, 성불은 물 건너갔지, 따위의 헛소리만 해댔다. (아, 여기서 코딱지들이란 구제 옷에 치덕치덕 묻은 채—마치 코를 후빈 후 아무도 안 볼 때 슬쩍 옷자락에 훔친 코딱지의 꼴로—건너온, 옛 주인의 혼을 의미한다.) 개는 귀신을 볼 수 있고 고양이는 영물이라 하지 않는가. 그러니 오봉도 꼬봉도 코딱지들과는 막역한 사이가 될 수밖에 없었다.

분유를 양껏 먹고 몸이 통통해진 후부터는 명규 씨의 걸음을 하염없이 따라 움직였다. 오봉이었을 때의 버릇들을 계속 반복하며 알아봐주길 바랐으나, 몸이 너무 작아서인지 고양이의 근육과 관절로는 느낌이 사뭇 달라서인지 전혀 눈치채지 못하는 것 같았다. 괜찮아. 나는 코딱지들 앞에서 웅변가처럼 삐악거렸다. 나는 괜찮아. 그냥 나를 새 식구로서 사랑해줘도 나는 괜찮아. 그냥 행복해. 다시 10년 넘는 시간을 명규 씨 옆에서 보낼 수 있게 되었다는 사실에. 내가 너무나 사랑하는 명규 씨 옆에서.

옷이 팔리고 새로 들어오며 만난 코딱지들 모두가 내

말에 감격했다. 그들도 한때는 인간이었기 때문일 터이다. 그러나 열린 출입문 앞 발깔개에 앉은 나를 흘끔대는 길고양이들은 의아하게 묻곤 했다. 뭐가 그렇게 좋고 특별한데, 그 사람이?

그냥 사람, 인간, 그거잖아. 왜 사랑해?

'그냥 사람, 인간, 그거'인 명규 씨는 오봉을 모란시장에서 데려왔다. '애완 강아지'와 '식용 강아지'를 동시에 한 우리에 넣어 파는 상인에게서. 오봉은 검은 비닐봉지에 넣어져 멀미를 겪으며 이동하는 동안 자신이 애완일지 식용일지 절박하게 점쳤다.

비닐봉지에서 나와 명규 씨의 얼굴을 본 순간, 그리고 자신이 식용이 아니란 걸 알게 된 순간, 오봉은 자신이 명규 씨에게 보내진 게 운명이라고 여기기 시작했다. 그리고 명규 씨를 보호해야만 한다고 생각했다. 명규 씨는 집에 혼자 있을 때마다 자주 수면제 알 수를 세었는데, 그때마다 오봉은 일부러 방광에 힘을 주며 낑낑거렸다. 나는 명규 씨의 강아지니까 명규 씨가 죽지 않게끔 만들어야 해,라고 되뇌며.

의무를 말하는 언어가 사랑을 발현시킬 때도 있다는 걸 그때 오봉은 알았다.

명규 씨가 데려오는 코딱지들의 8할은 일본에서 온 이들이었다. 그곳에서 멋깨나 부렸다는 이들. 어떤 기구한 경로로 흘러 흘러 월영시장에 들어와 돈 없는 노인들의 선택을 기다리게 되었을까…… 대부분의 코딱지는 피차 비슷한 처지라서 자기 사정을 입 아프게 떠벌리지 않는다. 그저 새로 묻을 노인의 코딱지가 자신들과 잘 지낼 성격이길 바라며 옷걸이에 걸려 있을 뿐. 코딱지들이 팔려나가고 나서의 일을 나는 거의 알지 못하지만, 아무래도 명규 씨가 질 좋은 옷을 골라 오고 세탁에도 힘을 쓰기 때문에 르앙구제에는 단골이 많고 그래서 반갑게 다시 인사할 기회가 생기는 경우도 종종 있다. 그럴 때면 코딱지들은 조금 더 말이 많아지고 능청스러워진다.

예컨대, 르앙구제에서 산 옷을 입은 단골이 등장한 지금처럼. 옷에는 젊은 일본산 코딱지와 나이 든 단골의 국산 속옷에 붙은 코딱지가 함께 묻어 떠들어댔다.

"꼬봉. 이 양반이 나 라면 국물에 담갔다."

"내가 언제 담갔나. 너 일본 놈이라 담갔다는 말이 뭔지 모르지? 그리고 이 나이 먹어봐라. 소매 펄럭대는 옷이 감당이 되나."

"감당 안 될 옷을 왜 사 입냐고. 그냥 옆집 할배한테 잘 보이려고 정신 팔려서는, 소매 적시는 줄도 모르고······ 정작 같이 지지고 볶고 사는 내가 얼마나 매워 뒈지겠는 지는 신경도 안 쓰고 그냥 그 할배한테만······"

"사실 고맙게 생각하고 있어."

"뭐?"

"네가 안 담가졌으면 옷 벗을 핑계도 없었을 텐데."

"정순이가 벗은 거지, 네가 벗은 거냐?"

"내가 정순이지 뭐여. 정순이가 날 수거함에 안 버리는 한은."

"······근데 그 할배, 생각보다 괜찮았지."

이쯤 되면 나는 코딱지들끼리의 원활한 대화를 돕느라 일부러 자리를 피해 명규 씨에게 가서는 가르랑대는 것이 었다. 나이와 국적과 경력을 불문하고, 아랫도리 사정이란 중요하니까.

그러나 코딱지들이 신이 나서 쑥덕댈수록 나는 자꾸 만 한 코딱지의 눈치를 보게 되었다. 르앙구제의 유일한 마네킹에 걸려 있는 원피스, 휘황찬란한 별무늬에 촘촘 한 가로줄까지 쳐져 있는, 열 살짜리 어린애나 입을 수 있 을 법한 사이즈의, 그러나 어린애에게는 절대 입힐 수 없을 정도로 천을 아낀 핑크색 원피스에 묻어 있는 코딱지. 그 코딱지는 르앙구제의 초창기부터 마네킹에 걸린 후 그 대로 먼지만 뒤집어쓰는 중이었다. 누가 봐도 월영시장을 오가는 손님에게 판매하기 위해서가 아니라 마네킹을 꾸 미기 위해 얻어 온 듯한 옷에 묻은 코딱지는 그래서, 말을 잃은 채 천천히 말라갔다. 나는 어차피 떠나갈 코딱지들 과 딱히 통성명을 하진 않았으나, 꼬봉으로 환생해 다시 오고 나서도 그 코딱지가 자리에 그대로 남아 있는 것을 보고는 결국 이름을 묻고 말았다.

"시즈코."

코딱지는 대답하더니 대뜸 내게 말했다.

"너, 나한테 기어 올라올 수 있겠어?"

무슨 소린가. 내가 이해하지 못하자 턱짓을 했다.

"마네킹 다리가 없이 그냥 스뎅 봉이라. 미끄럽잖아. 혹 시 원피스 있는 데까지 올라올 수 있어?"

"아무래도 어렵겠는데요. 말씀대로 미끄럽고, 또 제가 몸이 너무 작아서."

"역시나 쓸모없네."

시즈코는 퉁명스럽게 바깥으로 고개를 돌렸다.

"올라와서 좀, 갈기갈기 찢어달라고 부탁하려 했더니."

"네?"

내가 묻자 날아오는 대답은 이랬다.

"그래야 네 주인이란 새끼가 이 누더기를 갖다 버릴 거 아니냐. 난 소각되고 싶어. 성불하고 싶다고."

그러더니 후레자식, 하고 욕까지 뱉는 것이었다. 그때 나는 마음을 정했다. 명규 씨에게 그딴 식으로 욕설을 퍼붓는 저 경우 없는 코딱지와는 절대 상종하지 않겠다고.

다만 같은 공간에서 그렇게 마음을 먹으니 모순되게도 눈치는 두 배로 보게 되었다. 어쩔 수 없는 일이었다. 시즈코는 몇십 년의 세월을 살았으나 나는 아직 땅콩도 떼지 않은 고양이일 뿐이니까. 게다가 시즈코가 유독 낙담하거나 분개하는 날마다—그 이유를 도저히 예측할 수 없단 게 문제였다—공교롭게도 꼭 명규 씨에게 안 좋은 일이 일어났기에, 시즈코의 말투가 꼬부라질 때마다 나는 어떻게든 말을 걸 구실을 만들어 상냥하게 굴려 애를 썼다.

*

그 여자가 르앙구제의 셔터를 두드린 것은 명규 씨가 전기장판 위에서 땀을 뻘뻘 흘리며 자고 있던 토요일 새벽이었다.

토요일은 르앙구제의 유일한 휴일이었다. 월영시장은

주말에 훨씬 붐볐지만 사실 르앙구제의 주 고객층은 주말이나 평일이나 크게 다를 바 없는, 아니 오히려 젊은이들이 노는 주말에 일당 받을 자리를 찾아 돌아다니는 노인들이기 때문이다. 그러나 사람들은 명규 씨가 그날에도 어디 가지 않고 셔터를 닫아건 채 매장 안에서 잠을 자고 라면을 끓여 먹고 뒹굴뒹굴 굴러다닌다는 것을 몰랐다. 오봉이 살아 있을 땐 그러지 않았으나—오봉은 밖에 나가 똥을 싸야 했으니—꼬봉이 들어온 후로는 언제나 그랬다. 그 루틴을 아는 것은 꼬봉과 시즈코를 위시한 코딱지들 그리고 후각이 유달리 발달한 사냥개 품종의 멍멍이들— 예를 들어 재수 없는 아저씨의 똘이 같은—뿐이었다.

그러니 셔터가 꽝꽝거리는 소리에 내가 평정심을 잃고 펄쩍 뛴 것도 당연했다. 명규 씨는 일어나서 일단 나를 품에 안아 얼렀다. 놀랐쪄? 우리 애기, 놀랐쪄? 명규 씨가 내 털에 코를 묻고 속삭였다. 털이 입에 잔뜩 들어갈 텐데. 나와 함께 살게 된 후 명규 씨는 매일 알레르기 약을 먹고 있었다.

누구세요. 명규 씨가 셔터 철창 사이에 대고 중얼거렸다. 르앙구제의 은빛 셔터 철창살은 듬성듬성 나 있고 외벽과 문은 모두 유리로 되어 있어서, 명규 씨도 나도 어렴풋한 새벽빛 속에서 불청객의 얼굴을 확인할 수 있었다.

나는 명규 씨의 품에서 뛰어내렸고 명규 씨는 그르으으르으으음, 하고 길게 가래 끓는 소리를 내더니 셔터를 올리기 위해 천천히 허리를 구부렸다. 셔터가 요란한 소리를 냈다.

　문 앞에 서 있는 건 오봉이 죽을 때까지 미워했던 얼굴이었다.

　누군가가, 예컨대 시장에서 가장 성실한 일벌레로 유명한 자근포차 부부 같은 사람들이, 이 앞을 지나가다가 "아니, 르앙구제가 왜 문을 열어?" 따위의 말을 외치며 끼어들기를 나는 바랐다. 그러나 생각해보니 자근포차는 10년 만에 처음으로 일주일이나 되는 휴가를 떠난 상황이었다.

　"굳이 오늘 왔어야 했냐. 쉬는 날인데."

　명규 씨가 말했고 얼굴은 대답했다.

　"저번에 몰래 와보니까 이날 아니면 나 못 만나주겠다 싶더라고. 너무 바빠서."

　그러고서는 매장 안으로 성큼 들어오더니, 아주 익숙한 사람처럼 뻔뻔하게 셔터를 다시 내렸다. 차르르 소리가 났다.

　"카톡 프사에 있던 고양이네."

　얼굴이 말했다. 나는 처음 보는 사람을 마주하는 것처

럼 하악 소리를 냈다. 그러나 고양이라면 알았을 것이다. 내가 되지도 않는 연기를 하고 있단 걸.

"아침 먹었어? 라면 먹을래? 안성탕면이랑 열라면이랑 오짬 있어."

명규 씨가 묻더니 덧붙였다.

"김치도 있어. 그, 여기 빛고을김치…… 되게 맛있거든. 나름 유명하다? 파김치도 있고 겉절이도 있어……"

얼굴은 고개를 끄덕였다. 나는 화장실로 달려갔다. 참기 힘들었기 때문에. 과거를 잊지도 못하고 삐걱대는 명규 씨의 모습이나, 고개를 끄덕이는 모습에 밸도 없이 헐레벌떡 들고 오는 버너의 깨끗한 구석구석이나, 다.

내가 간과했던 것은 화장실이 시즈코의 마네킹 밑에 있단 사실이었다.

"뭐야. 너네 사장 연애해?"

시즈코의 물음에 나는 얼굴을 화장실 모래에 처박았다.

얼굴의 이름은 심솔이었다. 가마솥에 넣어져 팔팔 끓여질 운명이었던 오봉을 시장에서 처음 주목한 사람은 사실 명규 씨가 아니라 그의 손을 잡고 있던 심솔이었다. 네 다리를 뻣뻣하게 뻗고 죽은 개의 사체가 즐비한 시장 골목에서 둘은 데이트 중이었다.

그러나 심솔은 불쌍하다며 오봉을 데려온 후 보살피지 않았다. 어렸을 땐 귀여워하기라도 했으나 조금 몸이 크자 그마저도 그만두었다. 결국 명규 씨가 다 책임졌다. 헤어지고 나서도.

오봉은 두 사람이 남남이 된 후에도 그들 알몸의 생김새를 그들 자신보다 더 잘 기억했다. 아무래도 조금 멀리 떨어져 냉철하고 흥미롭게 관찰하고 있었으니. 그 기억을 지나치게 온전히 물려받아서인지, 나는 눈꺼풀에 묻은 모래를 털고 싶지 않았다. 심솔의 몸을 명료한 시야로 마주한다면 짜증이 걷잡을 수 없이 날 것 같았다.

"어떻게 지냈냐?"

명규 씨가 여상한 척하며 물었다.

"그냥 숨 쉬면서 살았지. 먹을 때 되어서 먹고 잘 때 되어서 자고, 그러면서."

"근데 갑자기 왜 보자고 그랬어."

"싫었어?"

그럴 리가 있나. 명규 씨는 심솔과 헤어진 이후 무념무상의 돌처럼 살아왔는데. 명규 씨는 복장 터지게도 응 싫어, 같은 거짓말 한번 하지 못하고서는 그저 라면 봉지나 뜯었다. 그러다 엉뚱한 말이나 할 뿐이었다.

"머리 예쁘네."

심솔의 머리는 갓 제대한 군인 같았다.

"이제 오빠 머리가 나보다 훨씬 기네."

"그러게. 왜 그렇게 깎았어?"

"교회 잘리고 나니까 화딱지가 나더라고."

"잘렸어?"

"그럼 내가 이 시간에 어떻게 여기 있겠어?"

심솔의 말에 명규 씨는 대답했다.

잘됐네, 하고.

*

명규 씨와 심솔 사이의 역사를 오봉이 완전히 알았던
것은 아니다. 둘이서 이미 한창 좋아죽을 때 끼어들었으
니까. 확실한 것은 심솔도 명규 씨도 어딘가가 단단히 아
픈 사람들이었단 사실이었다. 태어나자마자 발바닥 디딜
곳도 없는 뜬장에서 다리 발발 떨며 버티고, 상하좌우에
서 몸을 짓누르던 형제들이 죽어가고, 짐짝처럼 집어 던
져졌던 오봉은 이들 연인의 집에 자리를 잡은 직후부터
내내 자신이 인식하던 세상을 부수고 다시 세워야 했다.
왜 어떤 인간은 잔인하고 행복한데 어떤 인간은 상냥하고
불행한가. 오봉은 꼬리를 치면서 고민했다. 답을 알려줄

누군가가 있었다면 참 좋았겠으나 오봉은 외동이었고 산책 코스는 처음부터 끝까지 자동차와 오토바이를 피해 다니느라 바쁜 길로만 이루어져 있었다. 다른 강아지와 말 한마디 나눌 새가 없었다. 지상에 살았다면 창밖을 하염없이 바라보며 새라도 불러봤을 텐데, 그들이 살던 곳은 고시촌의 낡은 지하방이었다.

심솔이 명규 씨를 떠났을 때 오봉은 몇 날 며칠을 울었다. 왜 착한 인간을 떠나는가. 왜 그런 식으로 상처를 주어야 하는가. 오봉이 곡기를 끊는 바람에 정작 명규 씨는 울지도 못했다. 미안해, 형아가. 형아가 미안해, 누나를 오봉이한테서 뺏어서. 명규 씨는 그렇게 말하며 오봉을 안고 달랬다. 오봉은 들으면서도 말을 교정해주고 싶었다. 명규 씨가 심솔을 빼앗은 게 아니잖아. 심솔이 책임지지 않은 거잖아. 왜 명규 씨는 화를 내야 할 이 순간에조차 말을 제대로 못 해. 답답하게. 미련하게. 오봉은 그렇게 목이 쉬도록 소리를 질렀다.

그렇게 떠난 심솔의 냄새가 빠지지 않고 산책길 곳곳에 남아 있었다는, 꼭 주말이 지나고 나면 더 강해지곤 했단 사실을 명규 씨는 알지 못했다. 오봉은 강해진 냄새를 맡을 때마다 콧방귀를 뀌었다. 명규 씨를 버리고 떠나서는 왜 염치도 없이 뱅뱅 돈단 말인가. 심솔은 명규 씨가 그곳을 떠나 이사를 할 때까지 온 군데에 냄새를 묻히고 다녔다. 짜증 나게.

개 결국에는 아버지 교회에서 일한다던데, 하고 소식을 전해준 것은 명규 씨의 이사를 돕기 위해 온 남자였다.

"남동생이 기어코 혼자 태국 가서 수술하고 쫓겨났대. 그래서 한동안 신도가 뚝 떨어졌다더라. 지금은 맏딸 가지고 돌아온 탕아다 뭐다 하면서 팔아먹는 모양이던데. 참 대단한 인간들이야. 그 부모도, 교회 신도들도."

명규 씨는 가만히 듣다가 중얼거릴 뿐이었다.

"솔이 걔가, 사랑이 넘치고 책임감이 강한 애라 그래."

*

"오빠 가게 주소 물어보느라 오랜만에 쉼터 갔거든. 냉장고랑 세탁기랑 다 나 있던 때 그대로더라. 그때 처음으로 교회 잘린 거 후회했어. 좀만 더 참고 십일조나 삥땅쳐서 들고 나올걸. 어차피 나한테 유산으로 안 물려줄 거."

명규 씨가 라면 덜어 줄 그릇이 없네, 하고 머쓱하게 말했다. 결국 둘이서 나란히 이마를 맞대고 라면을 먹어야 했다. 젓가락은 두 쌍인데 숟가락은 하나여서, 심술이 숟

120

가락 대신 국자를 썼다. 명규 씨는 라면을 삼키더니 냄비를 내려다보며 나지막이 말했다. 웬만하면 부모님한테 돌아가 살아, 하고.

"나 그런 데 관심 없어. 인륜이나 도리 같은 거. 패륜아야, 나."

"효도하라는 거 아니야. 그게 아니라, 너를 위해서야."

등허리가 차가워졌다. 시즈코가 식빵 자세를 하고 앉은 내 위에 슬그머니 뒤통수를 올려놓고 누운 것이었다.

"너 가고 월영시장으로 아예 이사 오고 나서부터 가난한 노인네들을 원체 많이 봤거든. 사실 우린 그런 사람 본적이 거의 없었잖아. 쉼터에서도 어린애들끼리 살았던 거나 마찬가지지."

"오빠가 뭐가 어렸나?"

"스물아홉이면 어린 거였지."

명규 씨는 요새 흰머리를 뽑기 시작했다.

"결국 늙으면 다 비슷해진다 싶더라고. 여기서 일하면서 내내 그 생각을 했어. 종교가 뭐든 좌우 어딜 지지하든간에 다 똑같아. 여기 옷 사러 올 정도로 가난하다면."

"구제는 힙한 거 아닌가? 다른 데선 그렇던데."

심술이 중얼거리자 명규 씨는 웃다가 물었다. 대한민국 어르신들이 사주나 풍수지리에 환장하는 건 알지?

"알지. 우리 아빠 교회 지을 때 신점 보고 위치 잡았으니까."

"근데 그런 데서 기본이 뭔지 알아? 남이 쓰던 헌 물건 절대 갖다 놓지 말란 거야. 그런 판인데도 누군지도 모를 남이 입던 옷을 사서 입겠단 어르신들이 내 손님이야. 어떤 사람들이겠어?"

그리고 명규 씨는 덧붙였다.

"그러니까, 솔아, 약게 굴어. 그게 너를 위해 좋은 일이야."

심솔은 오빠도 많이 나이 들었구나, 하고 말했다. 국자는 냄비 바닥에 괴어놓은 상태였다. 몇 년 전 키스고 섹스고 지겨울 정도로 하던 사이였으니 침 섞이는 거야 별 상관 없는 건가. 나는 괜히 부아가 나서, 부러 손잡이를 건드려 국자가 냄비 밖으로 튕겨 나와 엎어지도록 했다.

"네가 짝사랑하는구나? 사장 놈을."

시즈코가 옆에서 지껄였다. 나는 마구 날뛰었다. 명규 씨가 놀라 달려왔다. 달래는 말을 하려 입을 벌린 명규 씨의 아랫니와 잇몸 사이에 플레이크 찌꺼기가 끼어 있었다.

"그거 아냐? 내가 얘 때문에 죽지 않고 살아."

나를 품에 안고 한참을 다독거린 명규 씨가 말했다.

"이놈 새끼가 개냥이인 척하는데 친해질수록 성질이 더러워지거든. 되게 재밌어."

내 엉덩이를 토닥거리는 명규 씨의 손이 나를 베개 삼아 누운 시즈코의 머리를 몇 번이고 관통했다. 나는 시즈코의 말에 맞서 괜히 청개구리처럼 명규 씨의 곁을 벗어나려 들었지만, 엉덩이란 놈은 마음도 모른 채 제멋대로 하늘을 향해 치솟았다.

그 꼴을 가만히 보고 있던 심솔이 말했다.

"오빠가 심원형 만나서 얘기 좀 해주면 안 돼? 그래도 원형이가 오빠 많이 따랐잖아. 옛날에, 둘이 옷 좋아해서 구제 시장 돌던 시절에."

"구제 냄새 묻혀 온다고 네가 엄청 뭐라 하던 때?"

"응, 그때."

그건 나도 오봉도 모르는 때였다. 원형이란 이름은 심솔의 입에서 여러 번 나온 적이 있었으나—심솔의 남동생이었다—두 사람이 오봉을 들여올 때 원형은 이미 심솔과 관계를 끊은 후였다. 이유는 모르겠으나 뭐, 심솔이 잘못했겠지.

"근데 그땐 내가 너무 큰 잘못을 해서, 원형이 앞에 설수가 없어. 내가 잘못을 했잖아."

"야만적인 시절이었잖아. 우울증 걸리면 정신병자 취급

하고 성전환 수술 같은 건 예쁜 사람이나 하는 거라고 생각했던 시절. 오빠라고 별수 있었어? 나도 그랬는걸."

심솔의 이야기에 명규 씨는, 그거랑은 조금 다른 얘기야, 하고 대답했다.

"원형이가 나 때문에 죽을 수도 있었잖아."

그러더니 고개를 저으며 덧붙였다.

"아니, 죽을 수도 있었다,라고 하면 너무 양심이 없다. 내가 개를 죽이려 들었는데 어떻게 그래."

나는 내가 들은 걸 믿을 수 없어서 천천히 몸을 움츠렸다. 명규 씨가 누굴 죽여?

명규 씨는 언제나 살리는 사람이었다.

월영시장과 먼 고시촌에 살던 오봉은, 명규 씨도 심솔도 모두 일을 나간 방에서 혼자 휴지를 물어뜯으며 자주 사이렌 소리를 들었다. 고시촌에선 모두가 홀로 살았고 그래서 외로운 죽음에 지나치게 익숙해져 있었다. 어느 날은 옆방 사람이 약을 잔뜩 먹었다. 그를 살린 것이 개 오봉이 아니라 인간 명규 씨였다는 사실은 건물주가 두고두고 이야기하던 사건이었다. 그런데 얼마 지나지 않아 그는 명규 씨를 쫓아내려 들었다. 허락 없이 개를 키웠다며. 사람 죽어서 방값 떨어질 거 막아났더니 무슨 개소리예요? 심솔이 대거리하자 그는 말했다.

"이 동네에서 사람이 얼마나 많이 죽는데, 뭐 대단한 일을 했다고."

르앙구제에서도 다르지 않았다. 명규 씨는 몸을 덥히기 위해 옷이 아니라 술을 먼저 찾는 노인들에게 잠바를 만원 받고 팔았다. 그것마저도 비싸다고 해서 한참을 더 깎아주었다. 명규 씨가 떼어 오는 구제 옷이 없었다면 노인들은 몽땅 얼어 죽었을지도 모른다고 나는 생각했고, 시즈코는 내 말에 콧방귀를 뀌며 콩깍지라고 놀려댔으나, 어쨌든 명규 씨는, 살리는 사람이었다.

일단 오봉과 꼬봉을 모두 살리지 않았던가.

밖이 시끄러워졌다. 털털대는 오토바이나 다마스 소리, 그리고 오늘 팔아야 하는 물건들을 나르는 사람들 소리. 명규 씨와 심솔은 라면을 국물까지 싹 먹었다. 그러고 보면 같이 살 때도 뭐든 잘 먹던 연인이었다. 골라내지 못한 쌀벌레가 오독오독 씹히는 밥도, 곰팡이를 걷어낸 김치도.

심솔이 입술을 들이밀었으나 명규 씨가 밀어냈다. 그 순간 시즈코가 킬킬거리며 손바닥으로 내 꼬리를 몇 번이고 쳤다. 미친. 나는 똥이 마려워져 또 화장실로 갔고, 명규 씨는 미안해, 하고 심솔에게 말했다.

"미안해. 나 실은 아까부터 목이 너무 말랐거든. 국물을 다 마셔서. 근데 마실 물이 다 떨어졌어. 침이 말라서 냄새가 너무 난다."

"저기 물 있잖아."

"저건 꼬봉이 거야."

"나가서 사 오면 되지."

"오늘 가게 쉬는 날이라서……"

명규 씨가 중얼거렸다.

"밖에 나가기가, 좀 그래. 셔터 열면 바로 어르신들 막 들어올 거고, 내가 직접 나가면 안 놀고 왜 왔느냐고 다들 물을 거고, 그래서."

그럼 집에 있지 왜 여기 와서 청승이야. 시즈코가 불퉁스럽게 중얼댔다.

"뒷문 없어?"

"화장실 갈 문은 있는데 거기서 밖으론 못 나가. 다 담이거든."

"담이야 넘으면 되지. 나가서 물 사 올게. 또 뭐 필요해?"

나는 모래를 파기 시작했다. 일부러 바닥에 마구 떨구었다. 그러나 명규 씨는 자리에서 일어나지도 않은 채 가만히 나 하는 양을 보고만 있더니 대답했다.

"뭐 썼는지 기억해?"

"알지."

"어떻게 그걸 기억해?"

"오빠 말고 누구랑 잔 적 없어서."

씨발. 모래를 너무 열심히 팠는지 발이 온통 불붙은 듯 뜨거웠다. 바닥을 온통 난장판으로 만들었는데도 명규 씨가 신경을 쓰지 않는다는 게 개 같았다. 전생에 개였지만, 어쨌든 개 같았다.

"나도 마찬가지야."

명규 씨의 대답을 듣고 심술이 싱긋 웃으며 일어섰다. 나는 온몸의 털을 곤두세웠다. 저러려고 온 거야, 명규 씨. 당신 홀라당 따먹으려고 온 거라고! 그 꿍꿍이가 안 보여? 당신 바보야? 나이는 똥구멍으로 먹었어?

작고 허름한 뒷문을 열고 나간 심술의 목소리가 5초 후 "착지!"라 외쳤다. 심술의 몸이 가볍고 날랜 건 익히 잘 알고 있었다. 짜증이 났다.

"시즈코."

나는 속삭였다. 이제 곧 코딱지들이 잠시 잊고 있던 현생인류의 짝짓기 현장을 목격하게 될 텐데, 다른 코딱지들이야 금세 남의 손에 집혀 내 곁을 영영 떠나가겠지만 시즈코는 그렇지 않을 것이기에, 그를 기절시켜 현장을 목격하지 못하게 한다면 누가 내 상처를 후벼 파는 일은 생기지 않으리란 계산에서였다. 애초에 다른 코딱지들은 제법 경우가 있어서 그런 장난을 치려는 마음 따위 안 먹겠지만, 어쨌든.

"시즈코, 미안."

나는 입을 크게 벌려 시즈코의 눈과 코와 귀를 차례대로 앙앙앙 베었다. 시즈코가 욕지거리를 했다. 아마 한 반나절 동안은 다시 자라나지 못할 터였다.

어쨌거나, 고양이는 영물이란 월영시장 노인네들의 말이 아주 틀리진 않은 것이다.

*

나는 명규 씨의 무릎 위에서 계속 트림을 했다. 명규 씨의 손이 내 허리와 엉덩이 위에서 움직였다. 땀에 젖어 끈끈했다. 기다리고 있구먼. 몹시 초조하구먼. 나는 티브이 속 전문가처럼 느긋이 명규 씨의 행동을 분석했다. 그렇게 이성적으로 변모할 만한 시간이 흐른 뒤였다. 심솔이가 돌아오지 않은 후로 아주 오랜 시간이 지났단 뜻이었다.

점심시간이 이미 거의 다 지나고 있었다. 명규 씨는 몸을 떨며 약을 여러 알 먹었다. 그러고는 내 털에 코를 묻

고서 속삭였다. 꼬봉아, 무서웠나 봐. 막상 밖으로 나가고
나니까 내가 뭐 하고 있었나, 싶었나 봐. 이해할 수 있어,
꼬봉아. 나는 다 이해할 수 있어. 궁금했겠지. 게다가 원형
이까지 없어지고 나니까 더 외로웠을 거야. 솔이가, 그 누
나가 꼬봉아, 외로움을 진짜 많이 타거든. 외로워서 무언
가를 저지르고 언제나 후회를 하지. 내가 고백했을 때 받
아준 것도 몇 번이나 후회했을지 몰라. 아마 그러니 떠난
것일지도.

　명규 씨의 입에서 용접하는 냄새가 났다. 속이 타고 있
나. 명규 씨는 그렇담 쇠로 만들어진 인간인가. 나는 골골
소리를 내며 명규 씨의 얼굴을 핥았다. 명규 씨, 괜찮아.
나랑 살아. 나랑 살면 되잖아.

　"그러고 보니 우리 꼬봉이 밥도 안 줬네, 내가. 정신이
없어서."

　괜찮아, 명규 씨. 밥 주려면 내게서 떨어져야 하잖아. 그
러지 마, 명규 씨. 계속 내 몸을 단단히 붙들고 있어. 나는
앞발로 명규 씨의 얼굴을 어루만졌다. 우리 멋진 명규 씨.
낙담한 얼굴의 명규 씨를 오랜만에 보아서 나는 어쩐지
뭉클해졌다. 명규 씨가 행복해지는 걸 나는 바라마지않
았지만 동시에, 명규 씨가 나 없는 삶을 살지 못하길 원했
고, 혹시나 명규 씨가 행복해진다면 나를 더는 필요로 하

지 않을까 두려웠으며, 내가 인간 아닌 짐승이라 그런 못된 마음을 먹는 건지 자주 고민하고는 했지만, 어쨌든 지금은 솔직히 그랬다. 솔직히, 낙담한 명규 씨의 얼굴이 참 보기 좋았단 사실을 부인할 수는 없을 터였다.

"뻴도 없는 녀석."

어느새 다시 자라난 시즈코가 혀를 찼으나 나는 상관없었다.

그렇게 시간이 흘렀다. 명규 씨는 움직이지 않고 있었다. 배가 꽤나 고팠으나 그 정도는 참을 수 있었다. 다만 명규 씨가 너무 오래 내 털에 코를 파묻고 있어서 나는 드디어 걱정이 되기 시작했다. 많이 슬픈 건가, 명규 씨.

조용하던 코딱지들도 명규 씨의 구부린 등 근처로 모여들어 쑥덕댔다. 그러더니 내린 결론은 나더러 명규 씨의 얼굴을 때리고 할퀴라는 것이었다. 그래야 정신을 차리지 않겠느냐고. 어처구니없었다. 내가 어떻게 명규 씨를 할퀴어. 그렇게 오래 살았으면서 눈치도 없나.

"이래서 사랑이고 나발이고 다 헛것이야. 버리고 성불해야 돼."

시즈코가 혼잣말을 했다. 무슨 짓을 하든 내 마음에 하나도 들지 않던 시즈코가 처음으로 옳은 말을 했다고 생

130

각했다. 그래서, 무언가 칭찬을 해주기 위해 고개를 명규 씨의 얼굴에서 떼어 돌렸다.

그때 찰찰찰, 하고 다시 셔터 두드리는 소리가 났다.

자기 무릎 위에 나를 앉혔단 사실을 잊은 명규 씨가 벌떡 일어났다. 오봉의 몸이었다면 그대로 바닥에 퍽 엎어져 슬개골이 탈구되거나 하는 일이 일어났을지 모른다. 그러나 다행히도—혹은 불행히도. 다쳤다면 다시 명규 씨의 관심을 얻을 수 있었을 테니까—액체의 성질이 다분한 고양이의 몸을 가져서, 나는 유연하게 바닥 위에 엎질러졌다. 명규 씨는 아랑곳하지 않고 셔터 쪽을 향해 휘청휘청 걸어갔다.

"오빠, 나야."

심솔의 목소리가 말했다.

"오빠, 미안해. 문 좀 열어줘."

개 같은! 나는 울고 싶어졌으나 이미 명규 씨는 셔터를 위로 올리고 있었다. 해가 지고 있는 중이란 걸 나는 매장 안으로 들어온 그림자의 각도를 통해 알 수 있었다. 그리고 곧, 심솔이 우르르 쏟아지듯 명규 씨의 몸에 기대었다.

"원형이를 봤어."

심솔이 말했다.

"원형이가 여기 있었어, 오빠. 내가 봤어. 편의점 가고 있는데 원형이가 보였어, 오빠. 원형이가 보였어."

명규 씨는 또 밸도 없이 심솔의 말에 걸맞은 반응을 재차 했다.

"어디 있었는데? 아직도 있어? 알은척했어?"

"아니, 못 했어. 아직 여기 있어. 친구랑 같이 있어. 시장 안을 막 돌아다니고 있어."

친구? 명규 씨가 되물었다.

"응, 친구 같아. 남자였어…… 키는 크고, 머리 길고 얼굴 하얗고 날씬한 남자."

그 와중에 참 꼼꼼히도 봤네. 나는 잔뜩 마음 다친 연극의 여주인공처럼 말하는 심솔의 얼굴을 할퀴고 싶어졌다. 어쩌면 명규 씨는 심솔의 저런 말투에 홀린 것일지도 몰랐다. 세상 모든 비극은 다 짊어진 것처럼 구는 말투. 아니, 젠장. 아무리 생각해도 심솔은 걱정할 게 없었다! 부모는 커다란 교회를 운영했고 딸이라고 아들과 차별하지도 않았으며―물론 그 아들이 어느 순간 딸로 바뀌긴 했다. 그 부모는 인정하지 않았지만―그래서 마음만 먹으면 언제든 돌아가 잘 먹고 잘 살 수 있었다. 나는 그게 싫었다. 전생에 무슨 죄들을 잔뜩 지어 업보가 쌓인 건지는 몰라도, 식용 개가 팔려 나가는 시장의 강아지로, 어미가 버린 길고양이로 거듭 태어나야 했던 내게 심솔은 언제나, 배부른 투정을 일삼는 인간일 뿐이었다. 심지어 자기 동생과는 다르게 정체성에서 우러나는 고민도 없지 않은가.

"……혹시 나 때문에 인사 못 한 거야?"

바보 같은 명규 씨는 또 그딴 질문만 했다.

"내가 원형이한테 잘못했으니까, 원형이가 나 보면 화낼까 봐, 그래서 알은척 못 한 거야?"

심솔은 뻔뻔하게도 입을 꾹 다물었다. 아니, 명규 씨가 무슨 잘못이 있다고……!

"솔아, 내가 빠져줄게."

명규 씨가 말했다.

"시장에 둘이 같이 이야기할 공간 없지? 응, 나도 알아. 할아버지 할머니 들만 다녀서 좋은 카페도 마땅히 없고…… 여기 들어와서 얘기해. 나는 나가 있을게. 화장실 쪽에 있을게. 둘이 여기서 얼굴 맞대고 이야기해, 응? 원형이도 집 나와서 얼마나 힘들겠어. 돈도 수술하느라 다 썼을 텐데."

그러더니 덧붙이는 것이었다.

"그, 원형이 친구분도 여기 데려와. 난 괜찮아. 그냥 얘기 마치고 나서 셔터 한 번만 세게 두드려줘. 그럼 돼. 나, 원형이 앞에 절대 안 나설게."

명규 씨는 심술의 답을 듣지도 않고 움직였다. 나는 명규 씨의 앞을 가로막았다. 너무 화가 나서 견딜 수가 없었다. 르앙구제는 명규 씨의 공간이고, 심술은 그저 오늘 새벽 갑자기 찾아든 불청객일 뿐이다. 책임감이라곤 찾아볼 수 없는. 불쌍하다고 강아지를 데려오고서는 보살피지 않고 애인에게 떠넘겼고, 일말의 예의도 없이 그 애인을 떠났다. 그런데 지금 또다시 찾아와서는 지긋지긋한 망령처럼 굴며 모든 걸 망치려 하다니!

그러나 나는 내 물리적인 크기가 너무 작단 사실을 잊고 있었다. 명규 씨는 아주 간단하게 발을 높이 들어 내 몸을 넘어가더니, 셔터 올려도 좋아, 얼른 데려와서 이야기해, 만약 문 열린 거 보고 누가 오면, 내 여동생인데 오빠 단속하러 왔다고 얘기해,라고 말하고는 사라졌다. 명규 씨를 쫓아가려고 했지만 뒷문이 닫히는 속도가 훨씬 빨랐다.

*

심솔이 원형과 그의 친구를 가게에 데려온 것은 그로부터 세 시간이나 지난 뒤였다. 친한 친구, 그러니까 대학 때 같은 과는 아니었으나 수업을 같이 들어 어쩌다 친해졌고 비슷한 시기에 자퇴를 해서 더 동질감이 생겼으며 죽고 못 사는 절친의 가게라고 심솔이 장황하게 설명했으나— 당연히, 모두 거짓말이었다—원형은 신경 쓰지 않는 듯 보였다.

"누나, 나 잘 살고 있어. 행복하고 만족해. 그러니까 그냥 나 본 거, 잊어주면 안 될까."

"넌 내가 얼마나 힘든지는 모르지?"

"내가 그걸 생각해야 할 필요가 있어? 누나가 거기서 나오지 않는 한 나랑은 공생할 수가 없잖아. 그리고, 누나한테도 죄가 없지 않아. 누나는 항상 나 어디 있는지 교회에 일러바쳤잖아."

"그건 네가 굶어 죽기 직전이었으니까……"

"사방이 지옥이었는데 먹는 게 중요해?"

원형이 말했다.

"그게 누나랑 내가 다른 점이야. 누난 절대 스스로 못 죽어. 엄마 아빠랑 똑같아. 아주 끈질겨. 죽을 것 같으면 손을 내밀어 타협하는 거, 그게 누나야. 지금 집에서 나왔다고? 내기해도 좋아. 반년 안에 돌아가, 누나는."

"씨발놈아, 네가 뭘 알아."

"응, 몰라. 모르니까 서로 모르는 사람이라 생각하고 지나가자. 나 안 죽을 거야, 누나. 나 지금 너무 행복해서 미치겠거든? 그러니까 나 걱정하는 척하면서 감시하지 말고 신경 꺼. 솔직히 말할까? 난 대체 누나가 어떻게 이 시장 안에서 나를 찾았는지, 그것도 소름 끼쳐 죽겠어. 나 여기 겨우 세번째 오는데, 어떻게? 설마 코스어들 염탐해? 트위터 사진 염탐해서 왔어?"

"아니야!"

"아니라면 다행이야. 내 친구들은 누나 같은 사람 제일 끔찍해하거든. 누나, 남매로서, 한때 아주 힘든 시기를 겪었던 동지로서, 내 부탁 한 번만 들어주자. 누나……"

시즈코가 재채기를 했다.

"누나, 제발 나 여기서 봤단 말 어디서도 하지 않으면 좋겠다. 제발."

그리고, 왜인지 시즈코는 동생이란 사람의 발목에 매달린 채, 털 없이 매끈한 종아리에 손톱을 박고 위로 오르려 노력하는 중이었다. 나로서는 목적을 도저히 알 수 없었으나 어쨌든 무용한 짓이었다. 그의 살갗이 지나치게 단단했기 때문이다. 상처가 굳어져 더께로 쌓인 살갗. 아마 시즈코는 그걸 알아보지 못했을 수도 있다.

겨우 열여섯에 죽었다고 했으니까.

지금 청소년 냥이라 불리는 개월 수의 내가 딱, 사람 나이로 열여섯이다.

"야, 꼬봉."

시즈코의 목소리였다.

"나 좀 도와줄 수 있어?"

나는 시즈코 쪽을 바라보았다. 이제 겨우 허벅지. 원형이 몇 걸음만 옮기면 금세 바닥을 향해 내동댕이쳐질 터였다. 대체 왜 저럴까. 알 수 없었다. 시즈코가 산 사람의 몸에 매달리는 꼴도 실은 본 적이 없었다. 코딱지들이야 호객 행위 겸 르앙구제 탈출 겸 수명 연장을 위해 자주 그래왔지만.

"뭘 어떻게 해드려야 되는데요?"

"저 사람 카디건 안에 입은 저거, 찢어줘."

"저 사람이요?"

"동생이란 사람."

"네?"

"쟤가 나를 입어야 돼."

"미쳤어요?"

하필 지금 이 상황에, 이렇게 심각한 가운데 굳이 욕심을 내겠다고? 지금껏 한 번도 르앙구제를 떠나고 싶어 하는 기미 같은 건 보인 적 없이 오래도록 서 있더니 이제 와서 왜 갑자기?

"뭐 하는 거예요?"

나는 말했다.

"지금 저 사람들 심각한 거 안 보여요? 아니, 아무리 죽었어도 그렇지 인간적으로 분위기 파악은 예의범절 아니에요? 인간이었으면서 그런 걸 몰라요?"

시즈코는 대답했다.

"오늘 처음 보는 사람 하나랑, 네가 좋아하는 명규 씨를 매몰차게 버린 사람, 그리고 나. 이 중 누구 편을 들어야 할지는 너무 뻔한 거 아니야? 인간은 의리 같은 거 너무 잘 아는데."

그러더니 심술궂게 덧붙였다.

"아, 고양이라 모르나? 하긴 고양이가 뭘 알겠어, 인간들 일에 대해!"

미친. 털이 곤두섰다. 발톱이 삐죽 튀어나왔다. 나는 잘 안다. 오봉에게 명규 씨가 항상 얘기했거든. 너는 세상 최고의 강아지야, 너 때문에 살아, 인간 천만 명보다 네가 더 소중하고 네가 더 내 마음을 잘 알아, 하고.

그리고 내게는 또 말했거든. 고양이가 영물이라더니 그게 진짠가 봐. 너는 어떻게 이렇게까지 날 잘 아니? 꼭 내 분신 같아. 너는 세상 최고의 고양이야. 아니, 고양이로 한정 짓지 않아도 좋아.

너는 세상 최고의 최고야.

나는 시즈코의 몸 위로 내 몸을 겹쳤다. 몸이 미끄러질세라 빠르게 타고 올라가서는 치마 끝단부터 마구 긁어댔다. 르앙구제 고양이가 아니었더라면 제대로 찢지도 못하고 목덜미를 잡혔을 텐데. 아뿔싸, 나는 이미 숱한 옷에 발톱을 갈아봤던 경험이 있다. 명규 씨를 속상하게 했던 유일한 행동이기도 했다. 너무 본능적이라 내 이 거대한 사랑으로도 제어할 수 없었던……

당황한 원형이 허리를 굽혔다. 본의 아니게 기회를 준 셈이었다. 나는 그 덕에 손쉽게 어깨로 점프했다. 원형이 카디건 안에 받쳐 입은 탱크톱의 어깨끈은 내가 본 것 중 가장 가늘었다. 발톱 한 번만 세워도 손쉽게 끊어낼 수 있을 정도였다.

심솔이 고함을 지르며 나를 향해 달려들었다. 그렇지만 미안, 나는 이제 오봉이 아니라 꼬봉이고, 고양이는 액체 같은 몸을 가졌답니다. 나는 몸을 가늘고 길게 늘여 심솔의 손아귀 사이를 통과했다. 그러고서는 의기양양하게, 마네킹을 지탱하는 스텐 봉 앞에 서서, 원형이 한없이 흘러내리는 옷자락을 붙드는 장면을 지켜보았다.

시즈코는 날 노려보더니 말했다.

"거기까지야. 카디건은 손대지 마. 카디건 건드리면 죽인다."

뭐야, 도와달라고 해서 도와줬더니. 어이가 없었다.

*

명규 씨에게 절대 그 어떤 신세도 지고 싶지 않다는 심솔의 말은 우스웠다. 이미 충분히 폐를 끼치지 않았나. 라면도 얻어먹고 하루밖에 없는 휴일을 망쳤으며 무엇보다, 자리를 피해 밖에 나갔던 명규 씨가 오지랖 넓은 월영시장 상인들에게 여러 번 목격당하는 바람에 귀찮은 호구조사를 겪게 생겼는데.

"절대 안 팔리는 옷으로 줘. 어디서 입어도 쪽팔릴 만한 걸로."

심솔은 이를 갈며 말했다. 그러나 정작 그 옷을 입을 원형은 태연히 말을 얹었다. 뭘 주셔도 저는 괜찮아요. 저 아이템 매치 진짜 잘하거든요. 뭘 주셔도 어울리는 걸 결국엔 찾아내요.

명규 씨가 매장에 걸린 옷을 이것저것 보여주었으나 심솔은 계속해서 퇴짜를 놓았다. 너무 평범해서 팔릴 거야. 너무 실용적이라 잘 팔릴 것 같은데. 너무 무난해서 금방

140

나갈 듯. 그렇게 한참 꼴 보기 싫은 행동을 하더니, 갑자기 마네킹 쪽으로 눈을 돌렸다.

"저거 정돈 되어야지."

어? 명규 씨가 멍청한 말투로 되묻자 심솔이 다시 뱉었다.

"저 정도로는 촌스러워야 입고 나가서 쪽이 팔리지."

나는 시즈코를 바라보았다. 화를 낼까 싶어서. 그러나 시즈코는 하염없이 원형 쪽을 바라보고 있었다.

정확히는, 원형이 걸친 카디건의 소매를.

"안 팔리는 옷이긴 해. 그래서 마네킹에 입힌 거고."

명규 씨가 말했다.

*

"인간적으로 인사는 찐하게 하고 가야 하는 거 아니에요?"

잔뜩 상기된 표정으로 원형의 가슴팍을 껴안고 있는 시즈코에게 어떤 식으로 반응해야 할 것인가. 결론을 내기도 전에 저절로 불퉁거리는 말투가 튀어나왔다.

"그래도 우리가 같이 산 시간이 얼만데."

"작위적이고 위선적인 건 별로야."

"오죽하시겠어요."

"다시 올 거란 말은 안 할게. 아마 얘 다신 안 올 거 같으니까."

"저도 별로 보고 싶진 않거든요?"

"좋네."

저렇게 말이 많은 시즈코는 처음 본단 사실이 왠지 서러웠다. 내 맘을 모르는 명규 씨는 헐벗은 마네킹을 쓰다듬으며 여기 이제 뭘 다시 입히나, 하고 중얼거렸다.

"형, 오랜만에 봐서 반가웠어요."

원형이 말했다.

"건강히 지내세요."

"너도 좋아 보여서 좋다. 연락하고."

"그건 잘 모르겠어요."

"가끔 장이라도 보러 와. 여기 시장 물가 엄청 싸다."

"그건 알아요. 그래서 다시 온 거거든요. 저번에 처음 오고 나서, 너무 놀라가지고. 서울에 이런 데가 있나 하고."

원형은 그러더니, 자기 옆에서 내내 입을 다물고 있던 머리 긴 남자의 등허리를 슬쩍 만지며 말했다.

"사실은 이 친구가 여기 동네 사람이에요."

"……친구는, 키가 너무 커서 우리 집 옷은 안 맞겠다."

"그러니까요."

원형은 심솔에게 가자 누나, 하고 말했다. 그래, 가라 좀, 하고 나도 심솔 쪽을 쳐다보았다. 심솔은 무언가 미련 비슷한 게 남은 표정이었다. 만약 꾸역꾸역 여기 남는다면 내가 어떻게든 쫓아낼 작정이었다. 겨우 하루 있는 명규 씨의 휴일을 완전히 망친 주제에 또 치덕치덕 달라붙는다면.

"그래. 가, 솔아."

명규 씨가 말하고 나서야 심솔은 미적거리며 움직였다. 명규 씨는 셔터를 활짝 열고서 세 사람을 배웅했다. 다들 와줘서 고마워, 하고 명규 씨는 인사했다. 와줘서 고맙다니. 너무나 명규 씨다운 말이었다.

시즈코는 내게 손을 흔들더니 휙, 빠르고 매정하게 몸을 돌렸다. 그때 알아챘다. 내가 미처 보지 못한 코딱지 하나가 원형의 카디건 소매에 붙어 있는 것을. 머리를 박박 민, 딱 열여섯 살 정도로 보이는 그 코딱지를 향해 시즈코가 서서히 다가가서는, 서로 인사를 나누고, 마침내 손을 잡는 것을.

"사랑은 헛것이라며! 성불하겠다며! 왜 삥쳐요!"

내가 소리치자 시즈코는 내 쪽을 돌아보고는 더 크게 외쳤다.

"30년 만에 첫사랑을 만난 기분을 고양이 따위가 아나!"

*

"걔도 아직 빈티지 좋아하는 것 같더라. 카디건 딱 보고
알았어. 그거 웬만한 사람은 모르는 브랜드인데. 한 1990년
대 중반쯤에 사업 접었던가. 매물 거의 없을 텐데."

명규 씨는 내 몸에 코를 부비며 말했다.

"마네킹에 있는 옷 입고 가겠다 했을 때 솔직히 웃음이
났어. 딱 그맘때 옷이거든, 그것도."

나는 가르랑거렸다. 좌우지간 명규 씨를 다시 독차지할
수 있게 되어 행복했다. 얼렁뚱땅 해피엔드.

"꼬봉아."

명규 씨가 중얼거렸다.

"우리 꼬봉이는 백 년 천 년 살 거지? 그래서 오빠 안 떠
날 거지? 같이 있어줄 거지?"

그럼, 명규 씨. 물론 형아라는 단어가 아니라 오빠라고
잘못 말한 건 속상하지만 말이야. 아직도 심술 생각을 하
는 거야? 나는 주먹을 쥐고는 눈을 크게 뜨고 명규 씨를
바라보았다.

"내가 그 애랑 무슨 일 있었는지 궁금하지. 그, 솔이 동
생 말이야."

궁금하진 않지만 당신의 모든 것을 알고 싶기에 주의 깊게 들을 거야.

그럼, 명규 씨. 30년이 뭐야. 나는 천년만년 명규 씨랑 함께 있을 거니까.

사랑하니까.

돌 닮은 당신

"거 관장님, 요새 도장에 스승과 제자가 어디 있습니까. 없습니다, 없어요. 무조건 서비스업으로 가야 합니다."

전국 합기도장을 돌며 도복을 공급하는 염 사장이 올 때마다 관장은 그를 앉혀놓고 박카스를 대접했다. 염 사장이야말로 다른 도장들의 사정을 가장 잘 아는 이가 틀림없기 때문이었다. 새 도복이 나가는 수가 곧 신입 관원의 수이므로. 게다가, 염 사장은 사업적으로도 많은 충고를 해주는 이였다. 온갖 도장이 흥하고 망하는 꼴을 모두 보아온 사람이었다. 그의 말은 곧 통찰의 끝이었다.

"애들이 제 속을 너무 썩여서 혼을 냈더니 부모가 득달같이 전화를 하는 거예요, 사장님. 사과를 하라고요."

"관장님, 하셔야죠. 다 져주세요. 져주는 게 이기는 거예요, 관장님."

"저도 알죠, 사장님이 몇 번을 말해주셔서…… 근데 그렇게 한 번씩 욕먹고 나면요 사장님, 가슴이 두근거리고 잠이 안 와요. 미치겠어요."

"아니, 우리 관장님도 여기서 몇 년을 하셨는데 아직도 그러세요? 그 부모야 그냥 지나가는 사람들이잖아요."

"모르겠어요. 요새 유독 심해지는 거 같아. 갱년기인 가……"

염 사장은 새 박카스를 꺼내더니 뚜껑을 따서 내밀었다. 마치 제가 주는 것인 양. 감사합니다,라고 말하며 관장은 박카스를 쭉 들이켰다.

"신규도 줄어들어서 더 우울한가 봐요."

"요새 애들을 워낙에 안 낳잖아요, 관장님. 그러다 보니까 다른 도장들도 짱구를 엄청 굴려요. 아, 그러고 보니 외국인 사범 쓰는 도장들이 꽤 많아졌어요. 태권도 쪽에서 먼저 시작했는데, 아세요?"

"그래요? 원 참, 말은 통하나 몰라요."

"그런데 또 효과가 괜찮더랍니다. 얘네들은 일단 조금 줘도 자기네 나라 돈으로는 큰돈이잖아요? 고맙다고 받고, 또 뭐 요만한 법 조항 가지고 걸고넘어지거나 이럴 염려 없고, 아주 열심히 일하나 봐요. 게다가 영어 조금만 할 수 있으면 그거 가지고도 홍보 많이 한대요. 그 뭐냐, 영어 유치원처럼."

관장의 귀가 솔깃해졌다. 여태껏 고용한 모든 사범은

그를 만만하게 봐 뒤통수를 치고 떠났다. 상명하복이 일상인 무술계에서 그러한 일이 연달아 일어나기란 어려웠다. 내 잘못일까? 관장은 아니라고 생각했다. 그저 어리둥절할 뿐이었다. 내가 매일 주머니에 찔러준 용돈이 얼마인데 왜 시간외수당을 받지 못했다고 신고를 할까? 매일 백반을 한 상씩 배달시켜 줬는데 왜 식대 미지급 이야기가 나올까? 관장은 세상 변하는 원리를 이해하지 못했고 계속해서 똑같은 실수를 했다. 사범이 사라질 때마다 아이들은 혼란에 빠졌고 학부모들은 불만을 토로했다. 지금도 새끼 사범 자리가 공석이 된 지 무려 3주째였다.

"근데 아무래도 학부모들이 껄끄러워하지 않으려나요? 외국인 노동자…… 인식도 안 좋지 않나?"

관장이 말하자 염 사장은 딱 잘라 말했다.

"중앙아시아 놈들 중에 얼굴 허연 애들로 골라 오면 돼요. 그럼 끝이에요. 뭐, 애가 어디서 왔냐, 영어를 실제로 할 수 있냐 없냐, 이런 거 중요하지 않아요. 영어 잘하게 생긴 게 중요하지. 그런데 하나 꼭 챙겨야 할 게 있어요."

관장은 뭐요?라는 말도 못 하고 멀뚱멀뚱 염 사장의 얼굴을 쳐다보았다. 그의 빠른 말을 따라잡기가, 언제나 그랬듯, 너무 힘들었다.

"고향에 처자식 두고 온 놈으로 골라야 합니다. 솔로인

놈들은 수틀리면 그냥 도망가기도 하거든요. 근데 처자식 있는 놈들은 돈 부쳐야 되니까, 독해요. 성실하지."

염 사장은 관장이 8년째 기러기 아빠인 걸 몰랐다.

"뭐, 관장님, 혹시 관심 있으시면 제가 연결 한번 해드릴까요?"

*

월영합기도에 들어온 새 사범은 월영시장에서 소소하게 화제가 되었다. 아무리 그래도 그렇지 우리 무술을 가르치는 사범을 외국인으로…… 하는 반응이 절반을 넘었으나, 외국인 아이들이 이미 꽤 있다는 인근 초등학교 학생들을 유치하기 위해 관장이 머리를 잘 썼다고 고개를 끄덕이는 이들도 간혹 있었다.

반대하든 그렇지 않든 간에, 관장이 시장을 돌며 사범을 인사시키자 모두 하이! 하고 손을 흔들었다. 다들 사범이 어디 출신인지 들었으나 곧 잊었고 구소련 어디라는 것만 기억했다. 머리카락이 밝고 눈이 새파래서 다들 좋아했다.

"저놈 이름이 뭐여?"

관장은 기억이 안 난다고 대답했다. 너무 길고 어려워

152

서. 그러자 누군가 쉽게 부를 새 이름을 지어줬다. 최영.

"최영 장군님의 의지를 받들어, 황금 보기를 돌같이 하라는 뜻이여. 돈 욕심내서 도망가지 말고 묵묵히 일하라고."

그가 설명했다. 그러곤 덧붙였다.

"자네 성씨를 딴 거지. 한국 왔으니 자네를 아버지처럼 따르라 이거야."

관장의 이름은 최강산이었다. 돈 주고 고용한 새끼 사범에게 관장의 성씨를 붙이는 행태가 집요한 번식욕 혹은 한국식 지배욕의 발현이라 생각할 수도 있었으나, 나이 먹을 대로 먹은 월영시장 상인들만큼은 이를 정당하다 여겼다.

영, 유어 네임, 영! 돌! 영!

돌 닮았다고 영!

그래서 최영이 '안녕하세요' 다음으로 익힌 한국어는 '돌'이 되었다.

상인들은 최영의 일거수일투족을 티브이 프로보다 더 흥미진진하게 주시했다. 최영은 자주 장을 보러 다녔다. 주로 가는 곳은 앨리스빵집과 서부통닭. 거기까지는 다들 예상한 바였다. 그러나 미리내유통 사장의 증언에는 모두 펄쩍 뛰었다.

"맥주 열두 캔짜리 세트는 그렇다 치는데 담금주용 소주 있잖아요. 그거를 몇 병이나 더 사 가더라니까요?"

한국 술 무서운 줄 모르는 이 파란 눈의 이방인을 걱정하는 이들이 늘어나자 결국 최강산은 슬쩍 물었다. 저기, 영아. 저, 있잖아, 집에서 술을 많이 먹어? 그러나 구령 외에는 한국말을 알아듣지 못하는 최영이 눈을 끔벅이자 결국, 상담실 안에 굴러다니던 돋보기안경을 찾아 꼈다. 그러고는 한숨을 쉬며 핸드폰에 입력했다.

너 술 많이 좋아해?

최영은 변환된 문장을 멀뚱멀뚱 보다가, 이번엔 자신의 핸드폰을 들어 무언가를 입력했다. 한국어의 형태로 도달한 대답은 이랬다.

잘 수 있어요.

왠지 울 것 같은 마음으로 강산은 최영을 바라보았다. 최영에게 동갑내기 부인과 생후 6개월짜리 딸아이가 있다는 것은 이미 알고 있었다. 잠이 올 턱이 없지. 강산은 고개를 주억거렸다. 얼마나 보고 싶을까.

나도 그 마음을 잘 안다 말하고 싶어져서, 강산은 상담실 테이블 옆 벽에 붙인 가족사진을 가리켰다. 딸이 다섯 살이었을 때 바닷가에서 찍은 사진으로 액자 유리 군데군데 벌건 고추장 양념이 튀어 있었다. 한때는 저걸 정성스레 닦던 때도 있었다. 한때는. 그러나 지금 저 액자는 두루마리 휴지와 신신쿨파스와 입관 원서 더미와 당뇨 약 따위보다 만질 일이 없었다.

나도 딸이 있단 말이야, 인마. 호주에서 제일가는 대학교에 다닌다고. 나두, 너랑 똑같이 돈 벌어 딸내미한테 보내주는 입장이라고. 강산은 중얼거리며 다시 구글 번역기에 똑같은 말을 입력했다. 강산의 핸드폰 타이핑 실력은 또래 중에서도 압도적으로 빨랐다. 번역된 말을 보여주자 최영이 오, 오! 하고 소리를 내며 박수를 쳤다. 그러고는 환하게 웃으면서, 강산에게 엄지를 들어 보이더니 다시 자신의 핸드폰에 대고 톡톡 손을 놀렸다.

당신의 손녀는 귀엽다.

손녀가 아니라고. 강산은 습관처럼 손을 뻗다가, 염 사장의 말이 떠올라 손가락을 말아 쥐고서는 헛웃음을 지었다. '관장님, 외국 사범 염가로 쓰는 건 괜찮은데 뭔가 선이 있습니다. 얘들 노가다 은근 좋아하걸랑요. 월급도 비슷한데 노가다 뛸 땐 일만 하면 되잖아요. 뭐 눈치 보고 할 거 없고. 그리고 그 노가다 현장 양반들이 한국인이라 정이 많아서는, 막걸리 사 주고 고기 사 주고 막 이러니까. 그러니까 도장서 일하다가도 기분 나쁘면 그냥 연락 두절, 노가다한단 말입니다. 그러니까 돈도 그것보단 쪼오금

많이 주시고, 또 기분 안 나쁘게 대우도 쪼오금 살갑게 해
주시고, 그래야 해요. 아 물론, 한국 애들 대하는 것만큼이
야 안 해도 되지!'

"관두고, 고기나 먹으러 가자. 돼지고기 좋아해? 돼지
고기?"

강산은 말하고 덧붙였다. 최영이 알아듣지 못할 게 뻔
한데도.

"페트병에 들어간 소주를 무슨 맛으로 먹냐……?"

*

눈이 떠지기 전에 먼저 찾아든 것은 갈증이었다. 그리
고는 어룽어룽, 형광등이 줄지어 늘어선 도장의 천장이
시야에 들어왔다. 내가 꿈을 꾸는 건가? 강산은 깜박이는
정신을 붙들려 애를 썼다. 취해서는 도장에서 잠을 잔 걸
까? 말도 잘 통하지 않는 최영과 고기를 먹으러 가서는,
말이 안 통해서 더 술을 마셨고, 자신이 익히 알고 있는
주량을 넘긴 것까지는 기억이 났다. 소맥을 물처럼 마시
던 최영의 모습에 덩달아 신이 나서 마구 들이부었지. 그
리고 아마 멀쩡했던 최영이 자신을 도장에 집어넣었을 거
라고도 예측할 수 있었다. 최영이 한국 땅에서 잘 아는 곳

이라고는 자기 방과 도장뿐일 테니.

그러나 왜 도장의 불은 모두 켜져 있고, 내 눈앞에서 젊고 퉁퉁한 여자 하나가 손을 흔들고 있을까. 입이 바짝바짝 말라서, 강산은 몸을 옆으로 굴렸다. 한 바퀴 구를 때마다 바닥에 깐 매트의 이음매가 덜커덩거리며 성가시게 굴었다.

그래, 최영이 엄청난 말술이긴 했다. 미리내유통에서 들은 얘길 근거로 추궁했더니 뭐라고 했더라. 맥주는 청량한 맛이 좋아 물 대신 마시고, 소주는 작은 병을 처리할 방도가 뾰족하지 않아 가장 큰 용량으로 산다고 했던가. 그 말을 용케 번역기로 다 나눴다니 신통한 노릇이었다. 그러고 보니 최영이 내내 자신을 챙겼던 기억도 났다. 강산이 제 옷섶에 흘린 음식물을 닦고, 깬 병도 치우고. 아, 그러고 보니 화장실에서 최영의 발등에 왈칵 토하고서는 그 토사물 웅덩이 위에 그대로 엎어진 기억도 나는 것 같았다……!

"정신 차려!"

퉁퉁한 여자가 다시 손을 흔들었다. 그러더니 소리쳤다.

"아빠! 정신 차리라고!"

*

    딸의 캐리어가 턱을 오르내릴 때마다 텅, 텅, 하는 소리
가 났다. 거의 비어 있단 뜻이리라. 최영은 묵직해지는 아
랫배를 견디느라 다리를 배배 꼬고 걸었다. 문이 열리자
마자, 그토록 보고 싶어 했던 딸에게 문 한번 잡아주지 못
한 채 서둘러 화장실을 향해 뛰었다. 요란하게 배를 비워
내고 돌아와보니 딸은 이미 거실 한복판에 캐리어를 펼친
채였다. 역시나 든 게 거의 없었다.

    강산은 그 모습을 내려다보았다. 저 여자가 내 딸인가?
가끔 보내주는 사진에서의 딸은 어렸을 때와 하나도 변
하지 않았다. 딸은 강산을 쏙 빼닮았다. 특히 위로 솟구쳐
호랑이처럼 강인해 보이는, 그래서 강산의 실제 성격과는
전혀 맞지 않는 첫인상을 각인시키곤 하는 눈썹과, 한쪽
은 짙은 쌍꺼풀이 있고 한쪽은 없어서 짝짝이인 게 몹시
티 나는 눈이. 그러나 지금 눈앞에 있는 여자는 눈썹의 절
반을 밀었고, 눈에는 뭘 잔뜩 발랐는지 짝눈이고 뭐고 알
아볼 수 없을 지경이었다.

    무엇보다 여자는 가슴만 가릴 정도의 짧은 탱크톱 아래
로 군살이 잔뜩 붙은 등을 훤히 드러내고 있었다. 강산은
착잡해져서 입술을 씹었다. 딸과 둘이서 호주에 가겠단

아내에게 기어코 받아낸 맹세가 딱 두 가지 아니었던가. 헐벗고 다니게 두지 말 것, 아무거나 먹지 말고 건강을 유지하게 할 것.

"아빠, 너무 덥다. 서울 원래 이렇게 더웠나?"

딸이 말하며 창문을 활짝 열었다. 강산은 휘적휘적 걸어 창문 앞에 가서는, 보란 듯 다시 닫았다. 그도 부족해 걸쇠까지 채웠다. 강산이 사는 오래된 빌라의 창은 아직도 목제였고 걸쇠는 구멍에 꽂아 넣은 후 몇 바퀴를 돌려야만 잠기는 구조로 되어 있었기에 강산이 기대했던 극적인 모습은 연출되지 않았다. 그저 끼릭끼릭 걸쇠 돌아가는 소리만 부녀 사이를 채울 뿐이었다.

"덥다니까?"

딸의 말에 강산은 대답했다.

"앞집에서 보인단 말이야."

"보이면 어때? 어차피 동네 사람이잖아. 앞집에 아직 삼손 아줌마 살아?"

"……몰라."

"왜 몰라? 오다 보니까 삼손헤어 남아 있던데. 아줌마 계시면 인사도 좀 하러 가고 그러게."

"모른다고 했잖아!"

자기도 모르게 강산은 소리를 버럭 질렀다. 평소엔, 구령을 넣을 때 말고는 소리를 치는 일이 극히 드물었다. 자신의 새되고 떨리는 목소리를 듣고 싶지 않았기 때문이다. 딸이 눈을 크게 뜨고서 강산을 쳐다보았다. 시커멓게 칠한 눈꺼풀이 보기 싫어서 등을 돌렸다. 그러나 바로 어깨가 잡혔다. 이럴 수가. 강산은 잡히자마자 알았다. 남다른 악력이었다. 모르는 척 앞으로 향해 걷고 싶었으나 몸이 맘대로 움직이지 않았다. 아. 눈을 질끈 감았다. 내가 수련을 게을리했구나. 애들이나 운동시키지, 나는 맨날 핸드폰으로 발라드나 찾아 듣고 유튜브나 봐서, 그래서 이렇게 되었구나. 내가 뭐 그렇지.

결국 악력을 이기지 못하고 다시 딸을 향해 돌아섰다.

"나도, 아빠가 이럴 거 예상 못 한 건 아니지만."

그러더니 덧붙였다.

"근데 나, 아빠 생각해서 여기 온 거거든? 아빠 생각 안 했으면 오지도 않고 그냥 쫑이었다고."

쫑? 강산은 그 말이 무얼 뜻하는지 몰랐다.

"끝이라고!"

그러니까, 일단 바닥에 앉아 자초지종을 듣자 하니 아내가 거구의 호주인과 질펀한 연애를 시작한 모양이었다. 거기까진 백번 양보해 그럴 수 있다 치자고 강산은 속으로 생각했다. 따로 산 지 이미 오래였다. 물론 그간 부쳐준 생활비를 생각하면 속이 쓰린 것도 사실이었다. 그러나 이상하지, 왜 화가 나지 않을까? 어쩌면 기러기 아빠의 말로 같은 것들을 너무 많이 들어 알고 있어서인지도 몰랐다. 은근한 말로 불우한 미래를 암시하던 월영시장 오지랖꾼들에게 세뇌되었는지도 몰랐다.

딸은 답답해했다. 아니, 아빠 왜 화를 안 내?

"난 그 아저씨 싫고, 그 아저씨랑 호주에서 가족 맺기도 싫다고. 호주 너무 거지 같아. 난 대학 졸업하자마자 다시 한국 와서 살 생각이었는데 왜 엄마 멋대로 날 정착시키려 하냐고."

"왜 거지 같아……?"

딸은 팔을 들어 머리를 쓸어 넘겼다. 손목에 새긴 글자가 눈에 들어왔다. Ellie. 강산이 스펠링까지 완벽히 댈 수 있는 몇 안 되는 영단어였다. 딸의 호주 이름. 아빠 나야, 엘리야 엘리! 하고 전화선을 통해 넘어오던 어린 목소리에 소리 죽여 눈물을 흘리던 때가 있었는데. 아주 예전에. 이젠 잘 기억도 나지 않는 감정이었다.

"인종차별이 너무 심해가지고. 거지 같은 백인 새끼들."

"너희 엄마는 연애한다며."

딸이 기가 막힌다는 얼굴로 강산을 노려보았다.

"그게 지금 버림받은 아빠가 할 말이야? 그리고, 엄마가 진짜로 밸 없는 거지. 오리엔탈 인형 취급받는 거 좋아하는 게."

딸이 하는 말을 영 알아들을 수 없어서 대답할 것도 없었다. 그래서 그냥, 그래, 얘기는 천천히 하고 일단 씻어, 하고 말했다. 비행기 타고 오느라 힘들었을 텐데.

"아빠 뻗어 있을 때 씻었어요, 도장에서."

"도장에 뭐가 있다고 씻었어."

"사범 아저씨가 수건이랑 보디 워시랑 다 챙겨 줘서."

"뭐?"

"아빠, 근데 그 아저씨랑 말은 통해?"

*

딸이 돌아왔다는 소문은 빨리 퍼졌다. 그리고 강산의 예상과 달리 딸이 훨씬 적극적으로 자신의 귀향을 변호했고, 듣는 이들은 모두 잘 이해하는 듯 보였다. 서울대학교에 편입하려고요. 그래도 한국인인데 한국에서 공부하고 싶은 마음이 커서요. 진짜 완전 보고 싶어 죽는 줄 알았잖아요, 아저씨! 내가 얼른 돈 벌어서 아저씨한테 흑염소랑 장어 주문 넣을게요. 나 키우느라 고생한 울 아빠 달여 드리게.

옷도 며칠 눈치를 보더니 얼른 새로 마련했다. 르앙구제를 보고서는 와우, 빈티지!라 소리를 치며 들어가더니 꼼꼼한 눈썰미로 괜찮은 것들을 골라낸 모양이었다. 젊음이 무기라더니, 중장년 여자들이 입던 옷을 딸아이가 입으니 그 나이 나름대로의 멋이 있어 보여 강산은 내심 뿌듯했다. 물론 맨살이 가려져서 더 좋았다.

그리고 무엇보다, 체육관 사무실을 자진해 꿰찬 딸의 존재가 뜻밖에도 월영합기도에 부흥을 일으켰다. 호주에서 좋은 대학 다니다 온 영어 잘하는 언니 혹은 누나,가 월영합기도에서 무료 회화 수업을 하는 사람처럼 쉬지 않고 말을 건다는 증언이 아이들 입에서 나온 게 아마 목요일쯤이었을 텐데, 월요일이 되자 이미 사물함이 부족할 정도로 신규가 넘쳤다. 발길을 끊었던 아이가 슬그머니 재등록할 때도 있었다. 그중 대다수는 최영이 들어오기 전 나간 아이들이었다.

최영은 확실히 수완이 있었다. 자신이 익살을 부릴 때마다 아이들이 뒤집어진다는 걸 알고는 쇼맨십을 갈고닦았다. 길고 긴 자신의 팔다리에 아이들이 주렁주렁 매달릴 때마다 과시하며 강산에게 말했다. 티처, 픽처, 픽처! 강산이 그 사진을 더듬더듬 월영합기도 밴드에 올리면,

숱한 학부모들이 그 사진을 퍼 가서는 SNS에 업로드했다.

"관장님, 나 이 정도일 줄은 몰랐는데!"

도복 주문을 전화로 받은 염 사장은 얼굴이 벌게져서는 소리쳤다.

"이번 달 제 전국 거래처 신규 톱이 관장님이신데요? 아니, 무슨 일이야 이게?"

그러더니 농도 던지는 것이었다.

"관장님, 저한테 인센티브라도 주셔야 하는 거 아니에요? 구소련에서 영어 되는 애 찾기 쉬운 줄 알아요? 쟤 엘리트예요, 관장님. 내가 제대로 데려온 거라고. 다 내 덕이라고."

사실을 말하자면, 강산은 불안했다. 물론 좋아해야 할 일이 더 많은 건 사실이었다. 딸애가 제 엄마를 버리고서는 아빠에게 돌아왔단 것도 뿌듯한 일이었고(다시 한번 강조하지만, 강산은 어느 순간부터 아내를 수화기 너머의 자동 응답기 이상으로 생각하지 못했다), 최영이 딱히 돌봐주지 않아도 알아서 아이들과 잘 섞이고 빠르게 한국어를 익히는 듯 보이는 것도 기뻤다(강산은 영어를 공부할 생각이 추호도 없었다). 이렇게 모든 일이 잘 풀렸던 적이 없어서 강산은 무언가 잘못되었단 생각을 더 많이 품을 수밖에 없었으나, 어쩌겠는가? 아마 그런 예감을 딸애에게 말했다면 대번에 이런 답을 얻었을 것이다.

아빠, 진짜 무식하다. 서양 사람들은 그런 육감 같은 거 절대 수용 안 하거든?

*

도장의 아이들이 가장 열광하는 시간은 대련을 할 때였다. 플라스틱 파이프를 잘라내 스펀지로 된 파이프 보온재를 끼운 후 절연테이프로 얼추 고정시키면 맞거나 찔려도 아프지 않은 검을 만들 수 있었다. 파이프를 조금 더 길게 자르면 창도 가능했다. 아이들은 각자 쌍검이나 창 중 하나를 선택할 수 있었고, 보온재 색에 따라 청 팀과 홍 팀으로 갈리었다. 나뉘어 도장의 양쪽 벽에 따개비처럼 붙은 아이들은, 강산의 호루라기 신호에 일제히 소리를 지르며 서로의 진영을 향해 몰려들어 말 그대로 난전을 벌이고는 했다. 창을 든 아이들은 그 길이를 제어하지 못하고 엉덩방아를 찧곤 했고, 쌍검을 든 아이들은 놓친 제 검을 찾기 위해 바닥을 기었다.

"이게 한국의 전통 무예야?"

미간을 찌푸리며 제 쪽을 바라보는 딸에게 강산은 목소리 좀 낮춰라, 말했다. 정통성이라곤 없는 사이비 무예

라며 자신을 헐뜯는 장생건강원 사장의 귀에 행여나 그런 의문이 들어가기라도 할까 봐. 딸마저 그런 의문을 가진 다는 걸 안다면 장생 그 자식은 얼마나 기고만장할 것인 가. 그래서 강산은 뒤에 구차한 말을 덧붙였다.

"전통이 뭐가 중요하냐? 애들이 재미있게 하는 게 가장 중요한 교육이라고."

딸이 '교육'이란 단어를 걸고넘어질 거라 확신하고선 내심 말을 후회했다. 하지만 딸의 반응은 예상 밖이었다.

"전통도 안 중요하단 사람이, 자기 이름 멀쩡히 있는 사 람한테 성을 물려줘?"

한편 최영은 그 시간을 아주 좋아했다. 그리고 어느 날 부턴가 대련의 마지막은 언제나, 장승처럼 선 최영에게 모두가 스펀지 무기를 들고 달려드는 것으로 끝나곤 했 다. 아이들의 성화에 보온재는 자주 찢어졌고 생파이프로 맞아야 할 때도 있었으나 최영은 계속 웃었다. 강산과 함 께 창과 검을 보수하면서, 최영은 무언가를 흥얼거리기까 지 했다. 그걸 들으며 강산은 생각했다. 거참, 세계 어딜 가도 뽕짝 멜로디는 다 비슷한가 보다, 하고.

가끔은 딸도 함께 책상다리를 하고 앉아 무기를 수리 했다. 세 사람은 그때마다 일종의 이등변삼각형을 이루고

있었고, 가장 먼 꼭짓점은 언제나 강산의 자리였다. 물론
멀다고 해봤자, 창 하나로 충분히 찔러볼 수 있는 반경 안
이지만.

*

딸애가 회식을 제안했다. 뭐 그런 걸 하나. 강산은 핀잔
을 주는 척하면서 날짜를 잡았다. 그러고는 하루에 다섯
번씩 달력을 보며 기다렸다. 자기도 모르게 눈길이 갔다.
그리고 회식 날, 정육 식당에 자리를 잡은 강산은 두 사람
에게 떵떵거렸다. 한국에서 소가 얼마나 비싼지 너네가
알아야 돼, 어?
"맛있겠네. 먹자, 아저씨."
딸애가 말하며 최영을 툭 쳤다. 최영이 싱글싱글 웃으
며 고기가 익기 무섭게 입에 집어넣었다. 저 나라 애들은
채소가 안 나서 먹지 않는다더니, 어찌 저렇게 뻔뻔히 고
기만 먹나…… 강산은 조금 속이 상해서 생각을 돌리고자
얼른 딸애 쪽을 봤다. 딸애는 또 보란 듯 명이나물만 먹고
있었다. 고기 좀 얼른 먹지 왜 안 먹냐, 하고 물으니 딸애
는 대꾸했다. 뭔 소리야, 내가 지금 둘이서 먹는 만큼 처넣
고 있구먼.

아아, 다 뜯어 먹혀 앙상해진 갈빗대 수를 세니 놀랍게
도 딸애의 말이 맞았다.

"이제 들어가자."

강산의 말에 딸애가 입을 비쭉 내밀더니, 벌써? 재미없
게, 하고 대답했다.

"난 아저씨랑 2차 가고 싶은데."

"무슨 2차야. 쟤도 피곤해. 어제 밤늦게까지 일했어."

"아빠랑 똑같나? 젊잖아, 젊어."

"뭐가 젊어. 애 아빠야, 쟤."

"서른도 안 됐던데, 뭐. 그리고 쟤가 뭐냐, 쟤가?"

딸애는 시장 한복판을 휘영휘영 걸었다. 최영에게 뭐
라 말을 걸고, 또 최영이 대답을 했다. 아무리 들어도 무슨
말인지 감이 안 왔다. 영어를 배웠어야 했는데. 강산은 딸
애가 어느 건물을 택해 불쑥 들어갈 때까지 그런 생각을
했다.

딸이 들어간 곳은 자근포차였다. 저녁 시간마다 백반을
배달해주는 곳. 매일 똑같은 계란프라이에 햄, 된장국과
제육으로 식사를 하곤 하는데, 아니 어차피 맨날 저 집 밥
을 먹는데 회식을 와서까지 저 집을 가야겠다고? 강산은
서둘러 딸애를 불렀다. 애!

"왜?"

"여기 밥은 맨날 먹잖아. 딴 데 가면 안 되나? 좋은 데 많은데."

딸애는 피식 웃더니 듣지 못한 척, 다시 그 안으로 들어가서 세 명이요!를 외치는 것이었다. 최영이 강산을 힐끗 보더니 오케이? 하고 물었다.

딸애가 강산의 대답을 가로챘다.

완전 오케이!

저렇게까지 신이 난 딸애를 본 적이 없던 것 같았다. 원래는 호방한 척하면서도 강산의 눈치를 보는 게 티가 났고, 힐끗힐끗 두려움 같은 게 비치기도 했다. 그 두려움이 현재와 미래 중 어떤 것 때문인지는 강산이 알 도리가 없었지만. 그러나 소고기 냄새를 잔뜩 풍기는 딸애는 잔뜩 흥이 올랐는지 메뉴판에 있는 것들을 짚다가, 아니 잠깐요 죄송요 이거 말고요,라는 말을 몇 번이고 뱉으며 주문을 바꾸었다. 그럴 때마다 주문서를 쥐고 선 이는 별다른 대꾸 없이 볼펜으로 죽죽 선을 그었다.

주문은 계속 늘어졌다. 딸애가 이번엔 아예 최영에게 영어로 메뉴를 하나하나 설명하기 시작했기 때문이다. 이건 예의가 아니잖나. 그리고 원래는 그렇게 배려심 있지도 않으면서. 취했나? 강산은 난감한 표정으로 포차 직원을 바라보았다. 직원은 무표정하게 마냥 기다려주고 있었다.

결국 딸의 장광설을 멈춘 건 최영이었다. 그는 메뉴판을 들고 그중 두 개를 손으로 가리켰다. 점원이 고개를 끄덕이더니 빠르게 사라졌다. 딸애가 아쉽다는 듯 입맛을 다시는 것을 강산은 보았다.

안주는 빠르게 나왔다. 최영이 시킨 것은 알고 보니 스팸프라이였다. 매일 먹는 걸 또 시키다니, 하고 강산은 또 우울해졌다. 물론 이 스팸은 백반의 것과 달리 '진짜 스팸'이었으나 강산은 그걸 변별할 수 있는 혀의 소유자는 아니었다.

"아빠, 그거 본 적 있어? 아저씨가 아내랑 딸이랑 영통하는 거?"

두 잔을 연속으로 마신 딸애가 킬킬거리며 물었다.

"진짜 하루도 안 빠지고 영통한다? 근데 저 아저씨네 나라도 꼴에 유럽 근처라고, 애정 표현 같은 게 되게 유럽식인가 봐. 아주 쪽쪽 쫍쫍 소리 내고 난리도 아니다? 매트 위에 새우처럼 누워서 막 그런다고 저 아저씨가, 아빠."

그랬구나, 하고 강산은 대답했다. 뭐라 대꾸해야 할지 몰랐기 때문이다. 알아듣지 못하는 최영은 그저 스팸을 뒤적거리고 있었다.

"딸내미 키우려고 말 안 통하는 데 와서 일하고 있다는 거 진짜 참 대단해. 심지어 제일 예쁠 때 아닌가? 애기일 때 말이야. 저번에 사진 보니까 우주복 같은 거 입고 있는데 엄청 귀엽더라."

"너도 귀여웠어, 엄청."

"안 귀여워지니까 호주로 보내버린 건가?"

강산은 고개를 저었다.

"무슨 그런 말을 해. 그때 네 엄마랑 얼마나 상의를 많이 했는데. 너 잘되라고 보낸 거지."

"말 참 잘해."

딸애가 피식 웃으며 말하더니 뭔가를 덧붙였다. 그러나 옆에서 포차 점원이 지글지글 끓는 철판을 내려놓으며 제육볶음 나왔습니다, 하고 말하는 소리가 딸애의 말을 덮었다. 뭐라고? 못 들었어. 강산이 다시금 물은 소리는, 이번에는 딸애가 점원의 옷자락을 잡으며 외친 고함에 밀려 누구의 귀에도 닿지 못했다.

"야, 너! 너 안동지지? 오랜만이다, 야. 너 나 기억해? 나 최해랑이야! 5학년 1반!"

점원은 아무 대답 없이 빠르게 카운터를 향해 돌아갔다. 갈 곳 잃은 해랑의 손이 허공을 이리저리 움직였다. 강산은 점원 쪽을 돌아보았다. 점원이 주방 아줌마와 무언가를 쑥덕대고 있었다. 딸은 저 점원을 아는 듯 보였다. 그러나 강산은 초면이었다. 가장 밥값이 싼 자근포차에서 백반을 내내 시켜 먹긴 했으나 배달만 받았을 뿐 한 번도 그 가게의 사람들을 궁금해한 적은 없었다. 가게에 간 적도 없었다. 누군가에게 신상이나 근황을 묻는 일도 없었다. 언제나 굳이 도장까지 찾아와 쑥덕대는 사람들—예컨대 의원 아닌 의원님 김제혁 같은—의 말이나 들어줄 뿐이었다. 게다가, 해랑이 기억할 또래라면 아마 초등학교 시절일 터인데, 그 시기 아이에 대한 거라면 모든 사항이 강산이 아닌 아내의 영역이었다.

딸애가 술을 더 시키고서는, 병을 들고 온 점원의 옷자락을 다시 잡았다. 해랑의 팔꿈치에 치인 젓가락 두 짝이 바닥으로 쨍그랑 소리를 내며 떨어졌다.

나 진짜 몰라? 딸애가 물었다. 나 기억 못 해?

딸애가 왜 저럴까. 미안합니다, 하고 말하며 강산은 해랑의 손목을 잡았다. 취했다, 너. 그만 내려놔. 얼른 마시고 나가자. 일부러 목소리를 낮게 깔며 말하면서도 혹 딸애가 자신에게까지 대거리할까 몹시 두려웠다.

다행히도 딸애는 강산의 말에 점원의 옷자락을 말아 쥔 손가락을 풀고서는 테이블 쪽으로 고개를 돌렸다. 최영이 젓가락 한 쌍을 딸애 앞에 다시 놓아주었다. 무슨 일이 있었느냐는 듯 음식 쪽으로 다시 맹렬하게 돌진하는 젊은이들의 젓가락을 보며 강산은, 연신 술만 들이켰다. 왠지 불안해졌기 때문이다. 차라리 빨리 취해서 자리를 피해버리는 게 상책일 수도 있었다. 아이가 무슨 사고를 치든, 저 외국 놈이랑 둘이서 술을 마시든 말든 간에.

져주는 게 이기는 겁니다. 염 사장이 그렇게 말했었지. 그게 비단 학부모와의 관계에만 해당되는 이야긴 아닐 것이었다. 염 사장은 확실히 통찰력이 있는 사람이었다. 자식과의 관계에서도 아마 마찬가지일 것이었다. 상대가 패악을 부리는 이유는 시시비비를 따지기 위함이 아니다. 그저 명확히 인지해달라는 것이다, 나를, 내 존재를…… 내가 중요한 개체임을 인정하고 확인해달라는 것이다.

그나저나, 5학년 1반,이라고 해랑은 자근포차의 점원더러 말했다. 5학년 때라면 그 일이 있기 전이었다. 그 일이……

"어, 아저씨 가지 마, 가지 마! 같이 영통해. 나도 애기 보고 싶단 말이야."

요란하게 울리는 핸드폰을 들고 나가려는 최영을 해랑이 잡아 세웠다. 최영이 난감한 표정으로 뭐라 더듬더듬 말했으나 해랑은 그새 취했는지 영어가 아닌 한국어로 대꾸했다.

"아니, 뭐! 남자가 일을 하러 와서는, 응? 술도 마실 수 있고 그런 거지. 딸내미 잘되라고 혼자 떨어져서 돈 벌면, 응? 어? 쫌 당당해지라고요. 뭘 못 해?"

딸이 주절거리는 사이 진동이 꺼졌다. 최영의 얼굴 한 구석이 아주 약간, 정말이지 미세하게 무너지는 것을 강산은 보았다. 아. 미안해졌다. 강산은 그 마음이 무언지 알았다. 시차를 무시한 채 바다를 건너 건너 마침내 도달한 전화를 받지 못했을 때, 학부모에게 머리를 조아리거나 품새 시범을 보이고 있던 도중이었음에도 강산은 죄스러워지곤 했다. 그런 모습을 보고 당시의 염 사장—그땐 사장이 아니라 과장이었다—은, 아니 돈도 다 벌어다 주는데 왜 그렇게 저자세로 나가요?라고 혼쭐을 내려 들었지만 글쎄, 그건 염 사장이 몰라서 하는 말이었다. 왜 강산이 초등학교도 졸업하지 않은 아이를 호주로 보냈는지 알지 못해서.

가기 싫다고, 무섭다고, 소풍이라도 간 후 보내달라고 몇 날 며칠을 쉬지 않고 울던 아이를.

"어, 끊겼네."

딸이 말하더니 최영의 등을 툭 쳤다.

"그러게 그냥 받으라니깐."

그렇게 딸애를 멀리 떨어뜨려놓는 게 옳은 일이었을까?

"아, 진짜 웃기네. 아빠, 이 아저씨가 뭐라 그러는지 알아? 옆에 여자가 있는 걸 보면 부인님께서 마구 화를 낼 거래. 그래서 전화를 못 받았대. 웃기다, 진짜."

다른 부모들처럼, 딸애의 항변을 남의 것보다 더 크게 믿었어야 했을까? 내 아이가 그랬을 리 없다고? 아니면, 애들 커가면서 그런 일도 생기는 거라고?

아니면 겁먹지 않고, 아예 눈과 귀를 막고서는 그냥, 애가 알아서 다 커버릴 때까지 방치해야 했을까?

딸애는 최영과 뭐라고 영어로 또 말을 시작했다. 다만 이번엔 무슨 이야기를 하고 있는지 제 아버지에게도 계속해서 통역을 해주었다(상냥도 하셔라). 자신을 아버지가 어떻게 버렸는지, 말 한마디 통하지 않는 외국에 가서 얼마나 인종차별을 많이 당했는지, 또 한인들은 얼마나 뒤통수를 쳐댔는지, 또래 아이들이 얼마나 악질적으로 자신을 따돌렸는지,와 같은 말들을 딸은 강산에게 직접 하지 않고, 최영에게 이미 한 말을 통역하는 형태로 늘어놓았다.

이미 다 아는 말들이야. 강산은 생각했다. 전화로 쏟아냈던 말들의 반복일 뿐이야. 그리고 어쩔 수 없는 일들이기도 했어. 누군들 새로운 곳에 가서 힘들어하지 않을까. 결국엔 잘됐잖아? 한국에 있었으면 절대 이루지 못했을 것들, 다 이뤘잖아. 좋은 대학에, 나는 한 마디도 알아들을 수 없이 저토록 유창한 영어에……

"그래서 내가 지금 아저씨한테 말하는 중이야."

딸이 말했다.

"당신 딸도 나처럼 될 수 있으니까 조심하라고. 나처럼 아빠고 뭐고 모르겠고, 술에 담배에 쩔고 약이야 비싸서 못 하는데 약하는 애들 존나게 부러워하고, 남들이 가족 얘기 할 때마다 몸에 아주 그냥 두드러기 올라서 뒈질 것 같고, 맨날 씨발, 옛날에 괴롭힘당한 생각 나서 잠도 못 자고 공황 와서 회까닥하는 그런 애 될 거라고 말하는 중이야."

그러고는 킥킥 웃었다.

"저 아저씨가 그런 말도 알아들을지는 모르겠지만."

강산은 테이블을 내려다보았다. 그러고 보니 시킨 안주가 온통 기름진 것들이었구나. 한 철판에선 뻘건, 다른 철판에선 허연 기름이 굳어가고 있었다.

하고 싶은 말은 많았다. 괴롭힘을 당했다고? 그러나 누군가를 괴롭힌 것은 딸아이가 먼저였다. 강산으로서는 도저히 이해할 수 없는 이유로. 아이가 누굴 닮았는가로 부부는 한참을 싸웠는데 사실 그 싸움은 무용했다. 중요한 것은 아이를 어떻게 통제할 것이냐,였으니까. 강산은 폭력을 가르치지 않았는데 폭력을 행하는 아이를 받아들일 수 없었고, 아내는 그래도 내 아이를 어떻게든 보듬겠다는 입장이었다. 그래서 둘을 말이 통하지 않을 곳으로 보냈다. 그러면 아이의 성질이 죽을까 싶어서. 심리적으로 전혀 이해할 수 없는 아이였으나 그저 자신이 낳았다는 이유만으로, 핏줄이란 의무감만으로 강산은 자신이 벌어들이는 거의 모든 돈을 그쪽에 바쳤다. 그런데 내게 더 무엇을 바란다는 것인가?

"……그런 말 해서 들쑤시지 마라."

강산이 할 수 있는 말은 그 정도였다.

"일 워낙 잘해. 소개비도 들었고. 오래 데리고 있을 거야. 잘해주면서."

딸이 강산을 쳐다보았다. 강산은 숟가락으로 철판 위의 계란프라이를 들어서, 최영의 접시에 떨어뜨려주었다. 그러고는 케첩이 묻은 자신의 숟가락을 입에 넣어 빨았다. 숟가락을 내려놓고, 냅킨을 뽑아 그 숟가락을 다시 닦았다. 마음 같아서는 운동화 코라도 닦고 싶은 마음이었다. 딸의 얼굴을 보지 않기 위해서였다.

좋네. 해랑이 말했다.

그럼 이 아저씨가 무슨 짓을 하면 버릴 거야? 아, 아니다. 알면서 물었네. 남들 보기에 부끄러운 짓을 하면 버리겠지, 그치? 부끄러운 짓이야 많지. 불씨만 싹 지펴놓으면 충분히 해낼 거야, 이렇게 외로운 아저씨는, 그치?

"그만해."

강산이 손에서 수저를 내려놓았다.

"외국에서 살겠다고 온 놈인데 괜한 소리 하면서 흉하게 굴지 마. 아빠랑 하고 싶었던 말은 아빠랑 하면 되잖아. 왜 엄한 사람 괴롭혀?"

"쟤가 괴롭대?"

"괴롭지 인마, 그럼!"

나는! 딸이 또 소리를 질렀다. 나는 안 괴로웠어?

*

딸의 담임선생이 학교로 강산 부부를 소환한 것은 딸이 막 6학년이 되었을 때였다. 혐의는 흡연과 집단 따돌림이었고 같이 걸려든 아이가 서넛인가 더 있었다. 아이가 중학교 선배들과 친하게 지내는 것도, 가끔씩 담배 냄새를 묻히고 들어오는 것도 강산은 알고 있었다. 그러나 월영동 자체가 그런 곳이었다. 합기도 사범이라는 자신마저도 무리 지은 중고생 무리를 보면 빙 돌아가게 되는. 강산은 그저, 얼른 돈을 벌어서 제 도장을 차려 나가겠다는 생각

178

밖에는 없었다. 더 좋은 학군이 있는 곳으로. 어렸을 때 벌인 일이야 새로운 동네에서 다시 적응하면 어떻게든 교정될 것이라고 여겼다. 모은 돈도 이제 꽤 되었다.

학교에 도착해 경찰들이 함께 모인 것을 보고서 한 번쿵 떨어진 가슴이 채 다시 올라오기도 전에, 피해 학생의 조부모라는 이들을 마주해야 했다.

자신이 20년간 모시던 유 관장이었다.

강산은 유 관장에게 아주 많은 것을 빚졌다. 고졸 제자인 강산에게 사범 자리를 제의한 게 그였다. 되는 일 하나없어 바닥만 긁고 있던 때였다. 뭐 근본도 없는 애들 데려다 사범으로 쓰냐, 하는 사람들 말에도 아랑곳하지 않았다. 속상해하는 강산에게 유 관장이 뭐라고 그랬더라.

나는 인마, 사범이 아니라 가족을 뽑는 겨. 그리고 내 가족이 되려면 인성이 바로 서야 하고. 최강산이가 제일 될성부른 놈이라 확신하고 내가 데리고 있겠다는데 누가 뭐라고 그래?

될성부른 놈. 일을 가르친다는 명목 아래 1년간 월급을 주지 않아도 아무 말 하지 않던, 하루 열다섯 시간을 일해도 다음 날 먼저 와서 청소를 시작하던, 없는 살림에도 스승의날마다 건강원에 주문을 넣던 될성부른 놈. 결혼하던 날 금두꺼비를 들고 온 유 관장 앞에서 강산은 펑펑 울었다. 울면서 무릎을 꿇고는 스승님 감사합니다, 저를 인간 만들어주셔서 감사합니다, 하고 외쳤다. 받은 메이크업이 다 무너지게끔. 젊어서는 강산을 인정해주는 이가 그밖에 없어서, 나이를 좀더 먹고 나서는 이제 할 수 있는 일이 그것 외엔 없다 여겨서. 아니, 아니다. 강산은 정말로 그가 자신을 사람 만들었다고 믿어 의심치 않았다.

조실부모한 피해 학생의 조부라고 유 관장이 서 있을 때 강산은, 스승이 자신에 대해 아무것도 알려주지 않아왔다는 사실을 비로소 깨달았다. 유 관장은 강산의 결혼식에도, 아이 돌잔치에도 초대받았으나 한 번도 자신의 경조사에 강산을 부른 적이 없단 사실을. 유 관장이 어떻게 살아왔는지 강산은 그의 입으로 떠벌린 연대기 외에는 아무것도 알지 못한단 사실을. 분명 자신더러 가족이라고 말했으나, 아마도 그의 삶에는 굉장히 층위가 다양한 가족이 존재하리라는 것도.

자신은, 최강산은 아마도, 하위 가족.

그러니 잘못을 추궁하기도, 쫓아내기도 쉽겠지. 강산은 그렇게 생각했고 공포에 사로잡혀서는, 다른 가해 학생 부모들이 아직 행동을 정하기도 전에 제일 먼저 말해버렸다.

모든 책임을 지고, 모든 보상을 하고, 모든 벌을 받겠습니다.

　해랑을 제외한 나머지 아이들은 무혐의로 풀려났다. 무리의 가장 힘없는 말단이었던—'망보기 전문'이었던—해랑은 일주일 정학 처분을 받았다. 아내와의 사이가 틀어지기 시작한 것도 그즈음이었다. 강산은 월영합기도를 그만두고 독립하겠다는 이야기를 유 관장에게 꺼내지 못하다가, 결국 해랑의 조기 유학 카드를 꺼내 든 아내에게 동의했다. 그로써 독립은 물 건너갔고, 유 관장이 일흔다섯이 될 때까지 계속해서 사범으로 일했다. 기러기 아빠 5년차에 비로소 월영합기도를 물려받긴 했으나, 유 관장은 권리금을 받을 대로 다 받았다. 그러면서 이야기했다. 네가 될성부른 놈이라 내가 믿고 물려주는 거야, 인마. 경우 있는 사람이라서.

　너는 참, 바위같이 딴딴한 사람이야, 인마. 너 같은 놈이 없다, 인마. 고마웠다, 너에게.

　"내가 영어로 벌써 다 얘기했어."

　해랑이 킬킬 웃었다.

　"내가 저 아저씨한테, 어? 다 얘기했다고. 당신 딸내미가 당신 없이 커서 다행이냐 불행이냐. 당신은 어떻게 생각하냐. 그러면서 그랬어. 당신 옆에서 크면 옛날의 나처럼 될 거고 당신 없이 크면 지금의 나처럼 될 건데! 둘 중 뭐가 좋냐고. 어? 둘 중에서, 뭐가 덜 개좆같겠느냐고 물었단 말이야."

개좆……이란 단어를 딸은 물론 영어로 표현했을 텐데 최영은 그걸 알아들었을까. 딸의 서슬에 이상하게도 강산은 그런 의문이 먼저 들었다.

"그때 뻔뻔하게 넘어간 애들은 다 잘만 살았는데, 씨발!"

딸이 철제 테이블을 숟가락으로 세게 쳤다.

딸, 너무 목소리가 크다. 강산이 뒤늦게 주의를 주려 들었으나 이미 늦었다. 사위가 고요해져 있었다. 모두 안 그런 척 힐끔힐끔 해랑 쪽을 보고 있었다. 포차 한구석에서 공룡 인형을 가지고 놀고 있던 아이마저, 공룡을 거꾸로 든 것도 잊은 채로.

해랑은 소주를 잔에 콸콸 따랐다. 테이블 위가 흥건해졌으나 신경도 쓰지 않는 듯 보였다. 집에 갔어야 했다, 하고 강산은 눈을 질끈 감았다. 아니, 회식이고 뭐고 하지 말았어야 했다.

"내가 씨발, 어? 다른 아빠들은 다 자기 자식 편 들어주는데 내 아빠만 거기서……"

강산은 일어섰다. 아이에게 윽박지르고 싶지 않았다. 사람들에게 해명하고 싶지도 않았다. 그저 달아나고 싶었다. 지금 이 상황에서 벗어나지 않으면 나쁜 사람이 될 것이다. 다른 인간들과 똑같은 인간이 될 게 분명하다.

"영아. 인마."

최영은 한국어를 못하지만 자신을 부르는 소리만큼은 기가 막히게 알아들었다. 그렇다면 이 말도 알아들을까.

"인마, 얼른 집에 가라. 가고, 쟤가 무슨 말을 했든 다 잊어. 집에 가서 자야지. 자야 내일 또 일하지. 네 사랑하는 애기 위해 일하지, 안 그러냐?"

강산은 최영을 일으켰다. 최영이 우물쭈물 일어났다. 강산은 다시 말했다.

"애기는 효녀로 잘 클 거다. 내 말 믿어, 인마."

지랄하시네. 말 한마디 통해볼 노력도 안 하는 주제에, 뭔 꿍꿍인지도 모르는 외국인한테. 해랑이 뱉으며 픽 웃었다. 강산은 해랑의 머리꼭지를 내려다보았다. 아이의 정수리가 오케스트라를 지휘하듯 흔들렸다.

강산은 핸드폰을 들었다. 최영이 온 이후 번역기를 실행하는 일이 몹시 잦았기에 빠르게 하고픈 말을 적고 변환할 수 있었다. 최영이 보고서는 눈을 둥그렇게 뜨고, 질

끈 감았다가, 다시 떴다. 뭐라 해야 할 말을 찾지 못하는
듯 보였다. 강산이 다시 타이핑을 했다. 최영이 복잡다단
한 표정으로 강산을 올려다보았다. 강산의 손가락이 점점
빨라졌다. 별안간 머리 뒤쪽이 마구 당기며 숨이 턱 막혀
스르르 무너진 순간까지.

*

화병이죠. 간신히 포차에서 걸어 나가 응급실에 혼자
도착했는데, 의사는 단언하며 강산을 쫓아냈다. 마구 매달
려서 수액 한 팩을 맞긴 했으나 그뿐이었다.

도저히 해랑과 함께 집에 있고 싶지 않아서 비척비척
도장에 왔는데, 놀랍게도 최영이 먼저 와 있었다. 불도 안
켜고 매트 위에 젖은 도복처럼 널브러진 최영을 보고서
강산은 형광등을 껐다 켰다를 반복했다. 최영이 눈을 깜
박거렸다. 속눈썹이 어찌나 기다란지 그림자가 얼굴 위에
드리워질 정도였다.

왜 네 집에 안 가고 여기 있느냐고 묻고 싶어 바지춤을
뒤적여 핸드폰을 꺼냈다. 번역기를 실행시킨 후 적었다.
덜덜 떨리는 손으로 적고 났더니 무슨 말인지 자신조차
알아볼 수가 없었다.

너느리딸좋아하지

그럼나쁜일어다

니단ㅅ잘큰다

나는안좋아햇ㅇ 싫엇다

착하지않아서싫어8다

니달은착하게

에이, 젠장. 강산은 털썩 최영의 옆에 주저앉았다. 왜인지, 눈물이 나왔다.

내가 무얼 그리 잘못했나.

강산은 눈물을 흘리며 스스로에게 물었다.

지금껏 걸어온 모든 길을 관성이라 해석한다면 부당했다. 강산은 큰 뜻도 불과 같은 원념도 없었고, 그저 살고 싶었을 뿐이다. 세상엔 자신 같은 사람도 있잖나. 우르르 쏟아지는 행복 같은 건 상상하지 않는, 그냥 어쩌다 생긴 가족, 어쩌다 만든 자식 책임지는 것으로 충분한 그런 삶. 그마저도 힘들었다. 내 자식이 전혀 선하지 않다는 확신에 휩싸인 후로는. 그래도 해내려 버텼다. 그게 최강산이란 인간의 삶에 주어진 의무 같아서, 그래서 버텼다.

남은 게 무엇인가?

"내가, 갱년기야."

강산은 울며 말했다.

"갱년기가 뭔지 알어, 영아?"

최영은 멀뚱멀뚱 강산을 보더니, 무릎걸음으로 기어가서 어디선가 뒹굴고 있던 수건을 가져다주었다. 관장님, 이라고 부르며.

짜식, 그래도 두 달 살았다고 관장님 세 글자는 기똥차게 발음하네. 강산은 피식 웃었다.

"울다가 웃으면 똥구멍에 털 나, 인마. 알아, 인마?"

그게 뭐라고 가르쳐주려 하나, 나도 참. 강산은 도장을 휘 둘러보았다. 강장님, 안뇽하세요오, 하는 소리가 환청처럼 들렸다. 꺅꺅거리는 비명도, 잘 되지도 않는 책상다리를 하고 앉아서는 이겨라, 이겨라, 하고 외치는 함성도.

아이들이 인사하러 들어올 때마다 정말 예뻐 보인다던 사범이 있었다. 관원을 4분의 1이나 빼돌리고 떠나 지척에 새 도장을 차렸던. 어떤 사범은 유아 체육에 지대한 관심을 가지고 있다며 대학원까지 다닌다고 했다. 걔는 반년 만에 폭언이 습관으로 굳어졌고 또 반년이 지나 쫓겨났는데, 나가면서는 자신의 고용을 신고하지 않았다며 고용노동부에 강산을 찌르고 떠났다. 신고하지 말아달라고 했던 것은 자신이었으면서.

철학과 이상이 휘황찬란한 이들이 강산은 두려웠다. 자신을 욕심의 포장지로만 쓰는 경우가 너무 많아서 최대한

186

욕심을 버렸고, 모든 이에게 져주었다. 꼿꼿하고 당당한 무도인의 자세를 아이들에게 가르치면서 자신은 그저 살아 굴러가기만 하면 된다고 스스로를 세뇌했다. 출퇴근을 할 때마다 머릿속을 천천히 비웠다. 쌓여 있는 것들을 길에 떨어뜨렸다.

그게 다 무슨 소용이었나.

그때 최영이 다시 불렀다. 관장님.

"왜."

최영이 핸드폰을 들이밀었다.

내일 뭐 해. 아니, 오늘.

12시가 이미 지나 있었다. 일요일. 강산은 생각했다. 내가 일요일에 무얼 했더라. 아침에 일어나 밥에 김을 싸 먹으며 술을 마셨고, 자다가 일어나 라면을 끓여 먹으며 술을 마셨고, 또 혼곤하게 뻗었다가는 비척비척 깨어 시장을 돌며 닭강정 따위를 사 와 또 술을 마셨던 것 같은데.

10년 동안.

"몰라, 인마."

동물원에 가자.

뭐? 어디? 강산은 저도 모르게 몸을 일으켰다. 최영 역시 상체만 반쯤 일으키고서는 팔꿈치로 몸을 지탱한 채 강산을 응시했다. 노란 뒷머리가 그새 눌려 있었다.

내 생일이잖아.

강산은 자신의 핸드폰을 들지 않았다. 오타 범벅의 글을 치고 싶지도, 보고 싶지도 않았다.

"구라 치지 마라."

나는 전에 동물원에 가본 적이 없다. 나는 동물원에 정말로 가고 싶다.

"이 나이 먹고 동물원에 가겠냐 인마, 내가."

날 따라와. 생일 선물로.

"구라 치지 말라고 했다. 인마, 네가 애야? 동물원은 무슨 동물원."

코끼리 보고 싶다.

"인마. 봐봤자 별거 없어, 인마."

자신 역시 동물원에 가본 일이 없었으나, 강산은 다 아는 척 굴었다. 그러나 그다음 최영이 보여준 메시지에 그만, 말문이 탁 막혔다.

내 딸은 코끼리를 좋아해.

그리고 너는 코끼리를 본 적이 없겠지.

"……돌도 안 됐잖아."

강산의 말에 최영이 대답했다.

"돌? 돌? 땅에 돌?"

아, 돌. 최영이 아주 잘 아는 단어.

"아, 그러니까 그게."

강산은 최영의 얼굴을 바라보았다. 그러고 보니 저놈 자식 얼굴이 참으로 울퉁불퉁하고 딴딴하니 돌 같구나. 강산은 새삼 생각했다. 그리고, 양쪽 종아리에 번갈아 힘을 주었다. 다리에 머리카락보다 가느다란 실핏줄이 생긴 이후, 그러니까 하지 정맥류를 무시할 수 없게 된 이후로는 빈번하게 쥐가 났는데, 힘을 부러 주면 쥐가 날 것을 앞에도 이상하게 그렇게 함으로써 쾌감을 느낄 때가 있었다.

"돌은, 좋은 거야."

자신이 무얼 말하는지도 강산은 몰랐다. 그래도 신기하게 입이 움직였다.

"가자."

강산은 말했다.

"가자고, 동물원."

그리고 물었다.

"딸내미 이름은 뭐냐?"

어차피 기억도 못 할 거면서.

최영은 알아듣지 못하고 고개만 갸웃거릴 뿐이었다. 그래도 자신의 어깨를 툭 건드리는 강산의 손을 통해 무언가 눈치는 챘는지, 흰 이를 드러내며 웃음을 지었다.

달리기뿐

소정을 모르는 월영시장 사람은 거의 없습니다. 보라미 정육의 사장은 아침에 소정을 보지 못하면 그날 일진이 나쁘다고 주장하기도 해요. 행여나 소정을 보지 못할세라 소정이 뛰는 시간엔 똥도 싸러 가지 않는 인물이죠. 반대로 소정을 고까워하는 이도 분명 있어요. 예컨대 두메손칼국수의 사람들이 그렇습니다. 인근에 멀쩡한 호수공원도 있는데 장사 준비하는 사람들 바삐 오가는 시장 한복판에 굳이 뛰어드는 꼬락서니가 영 마땅찮단 것이에요. 해서는 안 될 말도 참 잘하지요, 그러고 보면.

소정이 처음 나타났을 때를 가장 정확히 기억하는 이들은 아마도 풍년반찬 부부일 터입니다. 그렇잖아도 방석집에 하도 들락거리는 남편 탓에 대차게 싸우고선 한숨도 자지 못하고 출근했는데, 그 빌어먹을 남편의 눈길이 소정의 엉덩이에 머문 것을 또다시 들키고 만 때문이었어요. 아니 형님, 나는 억울합니다. 아니, 그럼 그렇게 흉한 옷을 입고선 헐떡헐떡 지나가고 있는데 저 미친년은 뭔가 하고 눈길이 가요, 안 가요? 남편이 억울하다며 하는 호소는 대충 이랬어요. 우습죠. 그 형님들은 대답도 맘대로 못했거든요. 함부로 그 인간 편 들어주다가는 마누라한테 된통 깨지니까요.

'흉한 옷'. 아무래도 젊은 여자가 누더기라 해도 크게 다르지 않을 천 조각을 걸치고 발가락이 다 뚫린 운동화 차림으로 뛰는 모양에 눈길이 안 갈 수는 없지요. 리어카 끌고 다니는 할머니도 아니고 젊은 여자가 그렇게 다닌다는 사실에, 나이 든 상인들은 더욱 안타까워하는 것 같았습니다. 누군가는 아스라한 비극의 징후를 상상해보기도 했더군요. 내막은 아무도 몰랐지만요.

여자의 이름은 소정이 아닙니다. 그러나 모두 소정이라 불러요. 트로트 스타 소정과 여자가 은근히 닮았다는 주장이 많거든요.

스타할매를 모르는 이 역시 거의 없습니다. 이름이 뭘까요? 아무도 굳이 알아보려 들지 않죠. 스타할매는 폐휴지가 가득 쌓인 리어카를 밀며 월영시장을 하루에도 수십 차례 가로질러요. 상인들은 애써 할매를 외면하지만 지나다니는 손님들은 노골적으로 할매를 쳐다보고, 수군거리고, 손가락질합니다. 특히 외지에서 놀러 온 젊은 애들이 좀더 심한데, 언젠가는 셀카 봉을 든 남자 하나가 낄낄거리며 할매에게 말을 붙인 적도 있었습니다. 대답 않는 할매에게 손찌검을 하려 드는 남자를 상인 여럿이서 붙잡아 혼쭐을 내긴 했으나―어차피 그런 뜨내기는 관상 자체가 시장에서 다시 볼 리 없는 모양새입니다―정작 할매는 고맙단 말도 없이 리어카를 끌고 사라지는 것이었습니다.

스타할매와 두 문장 이상의 대화를 나눠본 이는 르앙구제 주인이 유일할 텐데요. 그러나 그 역시도 옷에 관련된 말 말고는 들은 바가 없다고 합니다.

그렇죠, 옷.

스타할매가 배꼽을 드러내는 기장의 오프숄더 블라우스에 온갖 목걸이를 주렁주렁 걸고는 베레모까지 쓴 날이 있었죠, 아마. 칼국수 국물이라도 한 방울 튀면 큰일 날 듯한 흰 아일릿 드레스를 입은 날도, 퍼프소매가 갓난애 머리통보다 크고 허리통은 그 반의반도 안 되는 니트를 걸쳤을 때도. 물론 오프숄더나 아일릿, 퍼프 따위의 용어를 아는 월영시장 사람은 흔치 않고 그들 모두가 패션에 관대한 것도 아니어서, 스타할매는 약간 이상한 할머니,라고 주로 해석되곤 합니다. 보기 싫은 여자라고 말하는 모진 치도 조금은 있지요. 그러나 대부분의 경우 그를 조롱

하는 것에 재미를 느끼기에는, 마주한 세월이 이미 너무 깁니다.

*

시장 어귀에서 사고가 일어난 것은 날벌레들이 창궐하기 시작한 초여름이었습니다.

보통 시장 남문과 북문 앞에 이르는 차도는 행인으로 가득 차 있습니다. 원칙상 차가 다니는 도로이긴 하지만 그 끝이 시장 입구로 연결되니 운전자 입장에서는 막다른 길이나 다름없는 데다가, 보행로는 온통 좌판으로 점거되어 있기 때문이죠. 아이부터 노인들까지 월영동 사람들 모두 그 도로를 차도라고 인지하지 못했을 겁니다. 간혹 가게 일을 위해 시장 내부로 진입하는 차들이 있긴 하지만 그 차들이야말로 사정을 가장 잘 알고, 그래서 사람보다도 느리게 서행하는 게 암묵적이고 합당한 규칙이었습니다.

그 아이가 들은 수업은 그날의 마지막 타임이었어요. 보통의 학부모들보다 더 늦게 퇴근하는 사람들이 많은 월영동 특성에 맞춰 월영합기도의 마지막 수업은 밤 11시에 종료됩니다. 그 늦은 시간 아이는 왜 시장 어귀로 들어섰을까요?

아이를 발견한 것은 자정 넘어 청소까지 마치고 자취방에 돌아가던 외국인 사범이었다고 합니다. 이미 셔터 내린 가게만 가득한 차도 가장자리에 아이는 길게 누워 있었습니다. 호흡은 미약하게 붙어 있었으나 몸 여기저기가 골절되어 있었으며 머리 출혈량이 이미 위험수위에 다다른 상태였다고 하죠. 신고자인 사범은 정작 가해자로 의심받으며 파출소에 구류되어 집에도 돌아가지 못했다고 합니다. 아이를 들쳐 업고 인도 위로 옮기느라 피투성이가 된 옷 때문이었다나요. 결국 다음 날 수업은 최 관장 혼자 해야 했습니다. 그럴 짓을 할 사람이 아니라고 최 관장도 시장 상인들도 파출소에 뻔질나게 드나들며 말했다지만 경찰들이 월영시장에 대해 뭘 아나요. 외국인이라 도주 우려가 더 강해 보낼 수 없단 답변뿐이었습니다. 우습죠. 신고를 안 했다면 사범은 아무런 피해를 입지 않았을지도 모르는데.

사범의 무고함이 밝혀진 것은 다방 사장이 자기 차의 블랙박스 영상을 제보했기 때문이었습니다. 제보가 늦어진 이유는 누군가의 외도 현장이 거기 떡하니 같이 찍힌 탓이긴 합니다만, 그건 지금 말하는 일련의 사건과는 전혀 다른 이야기니까 모른 체하도록 하죠. 어쨌든 그 블랙

박스 영상에서 합기도 도복을 입은 채 발을 질질 끌며 걸어오던 아이는, 아주 가끔 취객만 지나갈 뿐 조용한 주변을 살피더니 당연한 것처럼 차도에 슬그머니 누워버렸습니다.

그러고선 내내 움직이지 않았습니다. 커다란 SUV 한 대가 거기 누운 자신을 밟아버리고선 내뺄 때까지, 미동도 없었어요. 입건 후 알려진 사실인데, 그 SUV 차주는 음식을 배달하고 있었다고 합니다. 왜 내뺐느냐는 질문에는 메뉴가 냉면이었다고 대답했다고 하더군요. 녹은 육수를 배달하면 욕먹을 게 뻔하다고요.

아이는 거기서 무얼 하고 있던 걸까요? 자고 있던 걸까요? 그렇게밖에 생각할 수 없지 않을까요? 그게 아니라면 겨우 열 살 먹은 아이가 어떻게 달려오는 차를 피할 마음 한번 먹지 않을 수 있겠어요? 그 시간대 월영시장에서 심심찮게 보일 취객이라면야 그럴 수 있겠으나, 아이잖아요. 누군가랑 술 마신 혐의가 있을 법한 나이가 아니라고 모두가 생각했습니다.

정말로 술을 마신 건 아닌가 싶어 경찰은 아이의 학교생활에 대해서도 조사했다고 합니다. 그러나 급우들은 모두 고개를 저었습니다. 조용하고 말수 없는 아이였으며 욕설 한번 하는 걸 본 적이 없다고요. 자기네들이 욕을 쓸 때마다 움찔거리며 놀라기까지 했다고요. 합기도장에서도 아이의 평판은 마찬가지였습니다. 아, 합기도장의 외국인 사범이 한 진술이 남들보다 아주 조금 구체적이었다고 하더군요. 그는 아이가 자신의 핸드폰에 대해 아주 많은 것을 물었다고 했습니다. 고국 사람들을 상대로 브이로그도 올리고 라이브 방송도 하곤 했는데, 아이가 굉장한 관심을 보였다고요. 동일한 대답을 들어도 매일 똑같이 다시 물었다고 하더군요. 아이가 친구가 없어 자신에게 집착하는 것이라고 생각했다고 했습니다. 그래서 충실히 대답해주다가도 아주 바쁠 때면 저도 모르게 퉁명스러워지게 되었다고. 그게 그렇게 후회된다고, 그 외국인은 눈물을 흘렸지요.

소정이 그 아이의 엄마라는 소문은 월영초등학교에 다니는 아이를 둔 상인들의 입에서 흘러나왔습니다. 아이의 소지품을 챙기러 온 소정을 같은 반의 어떤 아이가 보고서는 시장에서 건어물집을 하는 제 부모에게 이야기했다고요. 증언은 꽤 상세했으나 상인들은 들으면서도 믿지 못했습니다. 그 누더기 입고 뛰어다니는 여자가 애 엄마라고?

그 소문을 믿지 않던 상인들, 가령 빛고을김치 사장은

말했습니다. 아니, 소정이 걔 아직도 뛰어다니잖아? 어제
도 보고 그제도 봤네. 심지어 사고 다음 날엔 비가 오는데
도 나와 뛰고 있었다고. 제 애가 그렇게 다쳐서 사경을 헤
매는데 만약 어미라면 제아무리 인면수심이라 한들 그럴
수가 있어? 그러니 헛소문이야.

하지만 진짜라던데요,라고 승일분식 사위가 주춤주춤
반기를 들자 이번엔 버럭 화를 냈죠. 아니, 상식적으로 생
각해봐. 애가 그리됐으면 병실을 내내 지켜야 할 텐데 소
정이 걔는 단 하루도 쉬지를 않았다니까? 아침마다 여기
를 계속 이렇게, 이렇게 뛰어댕겼다니까? 내가 다 봤다고!

그러자 사위가 혹시, 하며 툭 뱉은 거죠.

"혹시, 근데 말이에요, 병원에 낼 돈이나 있겠어요? 그
냥 집에 뉘어만 놓은 거 아니에요?"

사위가 멋대로 한 상상이 반쯤은 진실이었다는 것을 상
인들이 알게 된 때는 그로부터 며칠 후였습니다. 그러니
까 다친 애가 정말로 소정의 아들이었다는 사실, 소정에
게 생때같은 아들의 병원비를 치를 능력이 없어 아이가
곧 병원에서 쫓겨날 판이라는 사실을요. 그리고 거기 더
해서, 소정이 남편 없이 홀로 아이를 키워왔다는 소문 역
시 빠르게 퍼져 나갔습니다. 이혼한 이유나 소정의 심리
상태 같은 정보는 주로 월영초등학교 학부모회에서 흘러

200

나왔죠. 학교 근처에서 아이가 교통사고로 혼수상태에 빠졌으니 무언가 액션을 취해야 한다는 마음에 교장이 급히 소집한 회의였다더군요. 그러나 정작 학부모회에서는 일을 크게 벌이지 말고 다들 잊자고들 했대요.

그 이유요? 글쎄요, 저로서는 잘 모르겠습니다. 그저 학부모회에서 이 아이의 사고를 안전 불감으로 인한 것으로만 여기지는 않았으리라, 무언가 파헤치다 켕기는 것이 나올까 하는 두려움 탓에 모르는 척했으리라 짐작될 뿐입니다.

문제는 그 후로 월영시장 내에서 자꾸만 자잘한 사건이 끊이지 않았다는 데에 있습니다. 카드 설계사 아주머니는 배 안쪽에서 혹을 발견해 시장을 떠나야 했고(그렇게 카드를 안 만들어줬으면서 막상 그가 떠나니 모두들 아쉬워하더군요. 입이 심심할 때마다 카드 만들 생각인 척하면서 그 아주머니에게 신세 한탄을 하곤 했으니까요. 다행히 악성은 아니었다고 해요), 장생건강원에서는 착즙기가 폭발했습니다(그때 건강원 사장이 똥을 싸러 자리를 비웠기에 망정이지 정말 큰일 날 뻔했습니다. 가게 유리창까지 모두 깨질 정도로 큰 사고였으니까요). 지하에 위치한 안개노래방에서는 불이 나 온갖 집기가 전소했고(사람 없는 대낮의 노래방에 난 불은, '도우미 완비'라 적힌 입간판에서 시작되었습니다), 초대박회수산에서 거나하게 술을 마신 사람들이 일주일 내내 죽죽 물똥을 싸는 일도 있었습니다.

그 외에도 일일이 열거할 수 없는 자잘한 일들……

월영시장이야 워낙 별의별 사건이 다 일어나는 공간이지만 이렇게까지 동시다발적으로 난리가 난 적은 없었기에 어느 순간 상인들은 사고를 당한 아이를 떠올릴 수밖에 없었습니다(그 아이가 죽은 거나 다름없다는 소문이 파다했으니까요). 혹시라도 그 애의 혼이 이곳에 한이라도 맺힌 거라면? 장사하는 이들은 무속에 민감하기 때문에, 이런 생각이 들자마자 바로 월영시장상인회에 건의를 했다지요. 굿이라도 하면 낫지 않겠습니까? 하고요.

상인회 청년 중 하나가 자꾸만 '굿'이라 말하지 않고 '위령제'라 불러서 회장에게 혼쭐이 났다고도 합니다. 아직 안 죽은 애를 유령이라 부르다 진짜 죽기라도 하면 그 원한을 어떻게 감당할 것이냐면서요.

*

상인회 사람들이 굿 이야길 하기 위해 소정의 집에 들어섰을 때, 그들은 어디에도 앉지 못했습니다. 여섯 평짜리 원룸에 온갖 물건이 가득 쌓여 있었다고 하죠. 그 위를 벌레들이 기어다니고 있었습니다. 주방 도구 몇 가지가 벽에 걸려 있긴 했지만 언제 마지막으로 썼는지 알 수 없을 정도로 먼지가 쌓여 있었고, 가스레인지는 불조차 켜지지 않았습니다.

글쎄요, 사고를 당한 그 애는 교육 복지 지원 대상이 아니었다고 합니다. 공적으로 산정되는 재산 혹은 소득이 일정 수준을 넘어서는 집의 아이였던 거죠. 물론, '공적' 같은 게 얼마나 개소리인지 알 사람은 알지 않을까요. 특히 월영시장의 자영업자라면 말입니다.

소정은 굿이든 나발이든 당신들 맘대로 하라고 말했다더군요. 그 집에서 도망치듯 빠져나온 상인회 사람들은 볼이 잔뜩 상기된 채 일제히 시장으로 향했습니다. 재미있는 화젯거리가 생겼잖아요? 곰국처럼 몇 날 며칠을 안주로 써야 더 맛있어지는 한 사발이. 소정의 집은 사람들의 입을 타고 점점 더 도시의 동굴 같은 곳으로 묘사되곤 했습니다.

굿하는 날은 서울 서부에서 나름 이름 날린다는 천신미륵암의 동자가 잡아주었습니다. 금요일 저녁이었죠. 저녁이면 손님도 많을 시간인데 굳이 그때 해야 하느냐, 하는 술장수 밥장수 들의 항의가 있었으나 아무래도 그들이 월영시장의 중심축은 아니니까요. 대부분 그 시간이 장사를 마무리하는 때이니 좋다는 반응이었습니다. 게다가 동자가 딱 집어 이야기했다더군요. 다친 애한테도 학교도 다 마쳤으니 너희 집에 얼른 가거라, 엄마 보러 가야지, 하고 빌어주기에 가장 좋은 때라고요.

투덜거린다고는 해도 일단 모두가 저마다, 공물이라 해야 할까요, 굿상에 올렸다가 나눠 먹을 음식들을 마련해 왔습니다. 먹을 걸 팔지 않는 이들도 저마다 친한 가게에 찬을 주문해서는 함께 올렸고, 동자를 불러오는 값에 돈을 보태기도 했습니다. 장생건강원 사장은 그 모양새를 보고 법석을 떨기도 했답니다. 여기서 20년을 장사했으나 이렇게 일심동체로 단결하는 모습은 참 오랜만에 본다고요.

*

금요일이 되었습니다.

장사치들 특유의 기민한 감각이랄까요. 시장 어귀 남문을 향해 커다란 상을 차려놓고 굿판을 벌인다면 이는 일종의 마을 축제가 될 거란 판단에 가게들은 슬금슬금 옆에 작은 좌판을 차렸습니다. 월영시장에 가득한 노인들이 설마 술 한 모금 걸치지 않고 굿판을 구경하려나, 하는 당연한 생각 때문이었죠. 소문을 들은 월영초등학교 교장이 급조한 합창단과 겨우 박자나 맞출 수 있는 방과 후 사물놀이 패를 파견하면서 굿판은 정말로, '위령제'가 아니라 작은 마을 잔치에 가까워졌습니다.

"참, 어린애가 어떻게 그리되었나. 인명이 재천이라더니. 여기 먼저 가야 할 인간들이 산더민데."

"아직 안 죽었어, 이 사람아. 입 함부로 놀리지 말어. 또 무슨 일이 생길 줄을 알고?"

"나는 생각해보니까 걔를 본 적이 있는 거 같은데. 월영초 애들이 저 골목서 다 핫바를 사 먹지 않나?"

"친구도 없었다는데 무슨 허풍을 쳐도……"

"아니, 양반아, 나쁜 말 하지 말라구. 동자가 그 애 때문에 이런 일이 생긴 거라고 딱 집어 얘기했다는데, 무섭지도 않은가?"

참맛전집에서 부쳐 낸 전을 몇 개 남지 않은 이로 뜯어 먹으며 노인들은 그런 얘길 했고, 잇새에 낀 조각은 막걸리로 씻어 내렸습니다. 합창단은 노래를 부르기도 전에 슬러시를 세 잔씩이나 마셨고, 마침내 차례가 되자 노래보다는 트림을 더 많이 뿜게 되었죠. 사물놀이 패가 연주할 때는 모두가 그 소리에 맞서 귀를 막고 고래고래 소리를 지르며 대화할 수밖에 없었습니다. 가뜩이나 귀가 먹어 목소리가 큰 노인들은 남의 눈치 볼 것 없이 신나게 떠들었고요.

그리고 마침내 천신동자가 모습을 드러냈습니다. 공연을 다 마치고 떡볶이를 얻어먹던 초등학생들은 자기들과 크게 나이 차이가 나 보이지 않는 동자를 보고 눈을 둥그렇게 떴지요(부연 설명을 잠시 하자면 지금 이 자리에 있는 아이들은 애가 학교에서 몇 시에 돌아오든, 굿판에 가든 말든 상관을 않는 부모들의 자식이었습니다. 학교는 그런 애들을 참 잘 골라내지요. 사고를 당한 아이가 어떻게 사는지는 몰랐습니다만). 천신동자의 명성을 익히 들어 알고 있던 이들은 그 하는 양을 지켜보기 위해 정신을 바짝 차렸고, 간혹 천신이 점지한 자리에 가게를 냈다 잘 안된 상인들이 있어 이를 부득부득 갈기도 했지만 뭐, 개인적인 원한으로 이 중요한 잔치판을 엎을 수는 없는 일이었습니다.

방울을 든 동자 뒤로 상인들이 신문지를 깔고 엎드렸습니다. 해가 점차 지고 있는 탓인지 상에 놓인 초에는 날벌레들이 몰려들기 시작했지요. 동자는 방울을 짤랑짤랑 흔들었습니다. 왁자지껄 술을 마시던 이들이 일제히 입을 다물었습니다. 누군가 분위기를 못 맞추고 큰 소리를 낼라치면 여기저기서 뜯어말리곤 했고요. 금세 조용해진 남문 차도 위로, 들리는 것이라고는 지상에서 무슨 일이 일어나는지 알 리 없는 비행기가 지나가며 내는 소리뿐이었습니다.

오색 옷을 입은 동자가 방울을 흔들고 부채를 펼치고 펄쩍펄쩍 뛰며 고함을 지르기 시작했습니다. 가뜩이나 날도 더운데 초가 너무 빠르게 녹는 것은 아닌가, 미리내유통의 캐셔 둘이서 걱정 어린 눈으로 쳐다보더니 자기네 가게 쪽으로 슬그머니 걸음을 옮겼습니다. 상 위의 집기는 미리내에서 온 것들이었거든요. 겨우 초 하나 때문에 귀신에게 미운털이라도 박히게 된다면 얼마나 억울한 일이겠어요?

저는 턱을 괴고서는 동자가 하는 양을 지켜보았습니다. 처음 보는 광경이어서 몹시 신기했거든요. 동자는 여러 사람의 목소리로 말을 하고 부르르 떨고 춤을 추고 바닥을 뒹굴었습니다. 그에 맞춰 상인들은 바닥에 엎드린 채 뭐라 뭐라 중얼거렸죠. 내용은 잘 들리지 않았어요. 다들 웅얼웅얼대기만 했으니까요. 마치 자신들이 뭐라고 비는지 절대 옆 사람에게 들키지 않겠다는 것처럼 말이에요. 참 신기한 일이었습니다. 아마 월영시장 상인들이 그렇게 작은 목소리로 누군가에게 말을 한 것은 처음일지도 모릅니다. 보통은 고함으로 시작해 고함으로 끝나곤 하니.

그때 상 뒤편 멀리서 옥신각신하는 소리가 들렸습니다. 동자가 눈을 치켜뜨더니 새된 음성으로 혼쭐을 내려 들었으나 상인회 사람들이 조치를 취하기도 전에 소란을 일으킨 당사자가 제사상 정면 너머로부터 걸어오고 있었지요. 마치 저 부르는 주문을 듣고 찾아든 혼령처럼 말이에요. 그 뒤로는 미리내유통 캐셔들이 그 인영을 쫓아오며 뜯어 말리고 있었고요.

리어카를 끌고 있는 스타할매였습니다. 오늘은 데님 소재 브래지어에 짧은 청바지를 입고, 그 위에 꽃무늬가 가득 프린트된 가운을 걸친 후 두꺼운 팔찌를 몇 개나 하고 있었습니다. 신발은 슬리퍼처럼 뒤가 트인 구두였는데 사이즈가 지나치게 커서 다섯 걸음에 한 번씩은 벗겨지고 있었어요. 어차피 리어카를 끄느라 속도가 더딘 스타할매에겐 신발을 고쳐 신을 시간이 충분했겠지만 말입니다.

소동의 주인공이 스타할매라면 그다지 걸릴 게 없었습니다. 할매의 정신이 오락가락한단 건 모두가 아는 사실이고, 얼른 꾸짖어 쫓아내면 그만이니까요. 상인회의 막내뻘들이 일어나 스타할매 쪽으로 성큼성큼 걸어갔습니다. 저 할매 하나 막지 못한 미리내유통 캐셔 아줌마들에게 짜증이 났겠지만 그 잘못에 대한 취조는 나중에 상인회 고문들이 알아서 해줄 것이니, 그저 저 할매를 어디 아무도 못 보는 곳에 구겨놓기만 하면 되는 문제였습니다.

그들의 손아귀에 잡힌 할매가 몸부림쳤고 가운이 벗겨졌습니다. 제사상 가까이 앉아 있던 초등학교 아이들이 키득거렸습니다. 누군가가 우웩,이라 말했고 누군가는 할매의 겨드랑이 털을 가리켰습니다. 두 가지를 동시에 하는 아이들도 물론 있었지요.

그러나 저는 기뻤습니다.

마침내 할매가.

마침내 할매가, 딱딱한 도로에 누운 나의 뒤통수가 배기지 않도록 손을 보태주기 위해, 약속한 대로 와주어서요.

*

나의 이름은 김하민. 엄마 이름은 김성연이고 스무 살에 나를 낳았습니다.

엄마가 누구랑 어떻게 나를 낳았는지는 몰라요. 태어나서부터 나와 엄마 둘뿐이었으니까요. 어렸을 땐 엄마와 둘이, 새마음교회라는 곳 안에서 살았습니다. 월영동에서 마을버스를 타고 10분 정도를 더 가면 있는 곳이었어요. 목사님이 교회 안에 있는 방 하나를 내주어 거기서 몸 부대끼며 있었지요. 크지 않은 교회와 낡은 상가의 3, 4층만을 쓰고 있었는데도 공간을 내준 겁니다. 언제나 감사한 마음을 가져야 했지요.

초등학교에 입학하기 전, 내가 기억하는 엄마의 모습은 일 나가는 등과 들어오며 신발을 벗을 때 휘청거리던 무릎 정도예요. 무슨 일을 했는지는, 어렸을 땐 알지 못했고 커서는 대답을 듣지 못했어요. 어쩌면 엄마는 너무 많은 일을 해서 기억을 못할 뿐일지도 모릅니다.

그래도 그때는 참 행복했어요. 엄마는 저를 데리고 정말 여러 군데를 가주었어요. 제가 특히 동물원을 좋아해서 여러 번 갔지요. 월영시장에도 마을버스 타고 꽤 자주 갔습니다. 산책하는 강아지들을 보는 게 너무 즐거웠거든요. 언젠가는 꼭 강아지를 키우리라 생각했어요. 그리고 시장에 가면 엄마가 항상 닭강정 따위를 사 주는 것도 좋았지요. 월영시장에 가는 날은 치킨 먹는 날. 제 머릿속에 그렇게 입력이 되어 있던 시절이었습니다. 초면인 노인들이 지나가며 저를 보고 귀엽다 말해주고, 엄마를 애기 엄마라 부르며 말을 거는 것도 왠지 모르게 좋았습니다.

닭강정 외엔 딱히 사는 것이 없어 우리는 언제나 지나치는 손님에 불과했어요. 새마음교회에 다니는 상인들이 있었다면 저희를 알아봤겠습니다만 글쎄요, 그 교회는 월영동에서 가까운 편은 아니었으니까요. 게다가 일요일에 가장 물건을 많이 파는 사람들이 교회에 다니기는 쉽지 않은 일입니다.

목사님이 새마음교회의 문을 닫고 선교를 하러 외국에 나가겠다고 결심했을 때부터 우리는 서서히 허물어지기 시작했습니다. 엄마가 모은 돈이 아직 넉넉하지 못했던 것 같아요. 제가 한 번도 본 적 없는 할아버지에게 전화를 거는 엄마의 목소리를 여러 번 들었으니까요. 할아버지 집에 간다고 혼자 나갈 때도 여러 번이었죠. 결국 돈을 받긴 했는지 우리 둘은 월영동에 있는 반지하방으로 이사를 갈 수 있었습니다만 엄마는 그때부터 조금씩 이상해졌습니다. 이불 안을 벗어나지 못하는 날과 꼭두새벽에 집을 뛰쳐나가는 날이 번갈아 반복되었고 저의 이름을 헷갈리는 때도 많아졌어요.

엄마에게 정확히 무슨 일들이 있었을까요? 저는 알지 못합니다. 저 역시 제 나름의 괴로운 나날을 견뎌야만 했으니까요. 입학한 학교에서요. 왜 나를 따돌렸을까? 애들은 주로 저를 보면 '토가 나온다'고 말했습니다. 왜? 저는 이유를 알지 못합니다.

그때까진 그냥 따돌림 정도였습니다. 그러나 2학년이 되던 개학식 날, 저는 스타할매와 같이 있는 모습을 아이들에게 목격당하고 만 것입니다.

　저는 스타할매로부터 돈을 받고 있었습니다.
　다리를 놓아준 것은 르앙구제 아저씨였습니다. 제가 소
정의 자식이란 사실을 아저씨가 어떻게 알게 되었는지는
모르겠어요. 하지만 어느 날엔가 기억나지 않는 이유로
울면서 시장을 지났을 때 아저씨가 날 부르더니 그러더라
고요. 엄마랑 한번 옷 사러 들르라고요.
　엄마와 어떻게 손 붙잡고 그곳에 가겠어요. 하지만 저
는 혼자 그곳에 자주 드나들었습니다. 주로 고양이랑 놀
고 싶어서이긴 했지만. 그런데 언제였나, 르앙구제 아저씨
가 할매에게 옷을 파는 장면을 목격했죠. 저는 적잖이 놀
라서 속말을 뱉고 말았습니다.
　"스타할매도 돈이 있네요?"
　그러자 구제 아저씨가 놀라더니 그런 얘기 하는 거 아
니야, 하고 말했어요. 하지만 할매는 저를 보더니 씩 웃더
라고요.
　그래요, 할매는 돈이 있었습니다. 적어도 르앙구제 아
저씨에게 자신이 원하는―다른 할머니들은 절대 입지 않
을―옷들을 떼어 올 것을 요구할 정도의 돈은 있었어요.
　왜인지 모르겠지만 그때부터 할매는 저에게 돈을 쓰고

212

싶어 안달하기 시작했어요. 제가 사고를 당한 후 경찰인
지 뭔지가 말하는 것을 저는 주워들었습니다. 집에 돈이
그렇게 없으면서 합기도장은 어떻게 다녔지?라는. 뭐, 합
당한 의문입니다. 제가 직접 답을 해줄 수 있었다면 참 좋
았을 텐데요. 스타할매가 보내줬어요, 리어카를 끌고 종일
월영시장과 그 인근을 돌아다니며, 정신 나간 할매라고
손가락질을 당하면서 모은 폐휴지를 팔아서 날 합기도장
에 보내줬어요,라는 답을 했으면 좋았을 텐데.

스타할매는 제게 돈을 주지 않았어요. 저를 데리고 직
접 월영합기도까지 올라갔지요. 접힌 지폐를 관장님한테
내밀면서 한 달 가르쳐주시오, 하고 말했어요. 그다음 달,
그 다음다음 달에도.

할매는 자신의 과거를 이야기하지 않았습니다. 다 잊었
다고 했어요. 제가 불쌍해서 이러는 것도 아니라고 했습
니다. 그럼 대체 뭐냐고 물었더니, 뭐라고 그랬더라.

자기는 사람을 잘 본다고 했어요. 너는 착해서 절대 잊
지 않을 상이여, 나중에 은혜를 갚을 관상이여,라고 그랬
지요. (나중에 알게 된 진짜 이유는 관상과는 하등 상관이 없
었죠. 르앙구제 아저씨가 저에 대해 할매에게 다 이야길 한
거예요. 저 아이 참 딱한 애다, 하고요.) 할매가 그렇게 저를
평가하니까 왜 그렇게 종일 기분이 좋던지요. 공짜로 받

는 게 아니라서 마음이 편했고요.

그러니 얼마나 미안한가요. 그러지 못하게 된 게. 지금도 자리에서 일어나려 노력을 하고는 있으나 쉬이 되지 않습니다.

합기도장에서 제 관비를 내주는 스타할매를 발견한 아이들은 어떤 짓을 했을까요. 이미 제가 소정의 아들이란 사실을 명명백백히 알던 애들이요.

그거 아세요? 어린아이일수록 광기 어린 인물에 완전히 매혹돼요. 아이들은 전설을 쉽게 만들어냅니다. 멀쩡한 집에 머리를 뉘고 잘 수 있어도 문간에 인간 아닌 것이 서 있을 거라 믿고, 지금 내 손을 잡고 있는 친구가 원혼은 아닐까 의심하고요. 그러니 월영시장의 스타할매와 소정은 말랑한 두뇌들을 활성화시키기에 딱 좋은 재료였던 것 같습니다.

스타할매가 소정의 엄마라더라. 소정이 제 엄마의 옷을 벗겨 내쫓았다더라. 얼어 죽은 엄마의 혼이 할매에게 씌었다더라. 할매가 소정에게 저주를 걸었다더라. 그래서 소정이 저토록 헐벗고 뛰어다니는 거라더라.

아니다. 소정은 멀쩡한 '보통 사람'이었는데 할매를 비웃고 모욕했다가 그 벌을 받는 것이라더라. 할매를 모욕

하는 이들은 쌔고 쌨는데 왜 소정만 난처해졌느냐고? 그거야, 원래 마녀들은 공주를 저주하지 않는가. 울 엄마가 그러는데 가만 보면 소정이 참 오밀조밀 예쁜 이목구비를 가졌다더라.

무슨 소리냐. 문제는 소정이다. 소정이 지은 죄가 많다. 우리 엄마가 그랬다. 악에 쎈 젊은 여자 때문에 멀쩡하던 교회가 없어진 거라고. 스타할매는? 그냥 똑같은 악마다. 젊고 늙은 차이만 있을 뿐.

상상을 잘 펼치는 아이일수록 큰 권력을 얻었습니다. 그리고 그 모든 쑥덕거림은, 그 계보의 끝에 위치한 제가 언제 광기를 드러낼지에 대한 기대로 마무리되곤 했어요. 모두가 눈을 크게 뜨고 제 행동을 하나하나 좇았죠. 아주 무서운 일을 벌여주길 바라면서 말입니다.

어떻게든 친구를 가지고 싶던 저는, 따라서, 마침내 생각하기 시작했던 것 같아요. 내가 정말로 그들의 선망에 어울리는 미친 짓을 하면, 인정받을 정도의 정신 나간 모습을 보이고 유의미한 장면을 얻어낸다면 삶이 조금은 나아지지 않을까 하고요. 실제로 또래 중 가장 잘나갔던 애들은 죄다 나사가 하나씩 빠져 있는 애들이었으니까요. 시장 어귀에서 보란 듯 담배를 주워 피우고, 미리내유통에서 필요하지도 않은 것들을 훔치고, 핫바 노점을 덮어

놓은 천막을 밤중에 다 찢어놓는 그런 애들이요. 그러나 저는 조금 다른 짓을 해야 했습니다. 다른 애들이 이미 다 해놓은 걸 반복해봤자 무슨 의미가 있겠어요.

그래서 차도에 누워 있기로 한 겁니다. 한밤중을 선택한 이유는 저지당하지 않기 위해서기도 했지만, 애들 모두가 그 장면을 핸드폰을 통해 볼 수 있는 시간이어야 했기 때문입니다. 해가 떠 있는 낮에는 다들 학원도 다니고 시장에서 떡볶이도 먹고 엄마랑 대판 싸우기도 해야 하니까요. 그러니까 제가 그 어떤 허풍도 치지 않고 미친 짓을 하고 있단 걸 보여줄 수 있는 시간은 오로지 그때뿐이었죠.

차바퀴가 저의 몸을 깔고 지나가던 순간, 영상으로는 어디까지가 송출되었을까요? 경찰이 나중에 현장에서 확인한 제 핸드폰은 완전히 산산조각 나 있었고, 그 어떤 아이도 제가 라이브 영상을 송출하고 있었다는 사실을, 제가 언제 공포심을 느껴 포기하고 일어날지 서로 내기하는 내용의 채팅들이 빠르게 올라가고 있었단 사실을 어른에게 말하지 않았습니다.

그렇게 저는 처지를 비관하여 자살을 시도한 아이로 남게 되었습니다.

*

스타할매의 몸은 작지만, 폐휴지가 잔뜩 쌓여 무게가 엄청난 리어카 손잡이에 체중을 싣고 버티니 누구도 할매를 그 자리에서 끌어낼 수가 없었습니다. 할매의 리어카가 기우뚱거릴 때마다 여기저기서 걱정 섞인 탄식이 터져나왔죠. 어떤 사람들은 할매에게, 어떤 사람들은 할매에게 덤벼들고 있는 상인회 막내들에게 소리를 질러댔습니다.

결국 상인회 막내들은 미리내유통 캐셔들과 자근포차 모녀가 달려들어 그들의 몸을 억지로 떼어낸 후에야 물러났습니다. 아무리 그래도 작고 늙은 할머니를 이렇게까지 우악스럽게 대하면 어떻게 하느냐며 막내들을 마구 꾸짖었지요.

천신동자가 찢어지는 비명을 지른 것은 막내 중 하나가 자신들에게 달려든 자근포차의 딸을 향해 손을 들어 올린 때였습니다. 막내는 놀라서 팔을 든 채로 동자 쪽을 돌아보았지요. 동자는 몸을 부들부들 떨며 눈을 까뒤집더니, 아스팔트 위로 털썩 무릎을 꿇었습니다. 아마 무릎 양쪽이 다 깨졌을 거예요.

"엄마야!"

동자가 아주 어린아이처럼 새된 목소리로 외쳤습니다.

그러고는 숨을 거의 쉬지 않으며 계속 말을 이었지요.

"다 알면서 모르는 척하지요 말 말 때문이야 입만 열면 내장 썩는 내가 진동을 한단 말이야 진동을 하면서 내가 어쩌고저쩌고 내 엄마가 어쩌고저쩌고!"

아이고아이고. 상인들이 곡을 하며 차도 위에 납작 엎드렸습니다. 몇몇은 미리 펼쳐서 깔아놓은 상자 위에 엎드렸는데 옆에 있는 이들이 정성을 의심당할 거라며 눈에 쌍심지를 켜는 바람에 결국 상자를 무릎 아래서 빼낼 수밖에 없었습니다. 저는 이미 식어서 딱딱해진 녹두전과 기름이 둥둥 떠다니는 소고기뭇국의 표면을 훑으며 동자가 하는 양을 지켜보았지요.

"내가 응 응 응 우리 엄마 불쌍한 울 엄마 돈 1원 없어도 나 먹이고 입혀준 우리 엄마 어머니 우리 엄마 생각에 못 떠나고요 응 여기 계신 개새끼들이 다 우리 엄마 가지고 씨부럴 쑤군쑤군 지껄지껄 하는 것을 내가 다 아는데 어떻게 갑니까 내가 어떻게 곱게 가요 다 뒈져버리라고 할 거야 다!"

아이고, 안 됩니다. 상인들은 손을 비비며 이마를 바닥에 갖다 댔어요. 노여움을 푸셔요, 우리가, 우리가 다 잘못하였어요.

동자는 상으로 달려들더니 두 손으로 갈비찜의 가장 큰

뼈를 집었습니다. 그러고 게걸스럽게 뜯어 먹기 시작했지요. 아마 동자가 어지간히 갈비를 먹고 싶었나 보다고 저는 생각했습니다. 게다가 돼지도 아니고 소였으니…… 사실 저는 상 위에 올라간 음식 중 먹고 싶은 게 딱히 없었습니다. 다 어른들이나 좋아하는 음식이라서요.

"여기서 우리 엄마 얘기 한 새끼 있어?"

동자가 간장 양념을 턱 밑으로 뚝뚝 흘리며 외쳤습니다.

"거짓말하면 죽여버릴 거야. 있냐고?"

바닥에 엎드린 사람들이 낮게 손을 들었습니다. 진짜 우스웠던 것은, 노래를 부르고 전통악기를 두드리다가 별안간 나타난 혼령 탓에 집에 갈 수 없게 된 월영초의 학생들마저 파들파들 떨리는 손을 어깨 위로 올리는 장면이었지요. 그래, 그래도 새것이든 낡았든 모두 거짓말은 하지 않았습니다.

동자는 다시 한번 몸을 떨더니 엎드린 사람들 사이를 마구 오가기 시작했어요. 제정신이 아닌 사람이라고 보기에는 기이하게도 그 누구의 손도 밟지 않았습니다. 방울로 사람들의 어깨를 마구 치며 동시에 소리쳤죠. 늙을 사람! 죽을 사람! 미칠 사람! 그가 말할 때마다 사람들은 아이고, 아이고, 하며 탄식을 뱉었습니다. 아니, 조금 우습긴 해요. 늙고 죽고 미치지 않을 사람이 그곳에 있나요? 어렸을 때 미리 죽어버리지 않는 이상……

한참 헛소리를 지껄이다 제자리에 돌아온 동자는 다시 무릎으로 기어서는, 여태 리어카 앞에 구겨져 앉아 있던 할매에게 다가갔어요. (아마 무릎이 온통 멍투성이가 되었을 것입니다.) 할매는 바닥에 엎드리고 있지 않았습니다. 엉거주춤, 그러나 당신이 할 수 있는 가장 꼿꼿한 자세로 선 할매에게 다가가서는 조금 전의 실랑이 탓에 거의 벗겨진 것처럼 허리 아래로 늘어져 바닥에 끌리고 있는 가운을 잡았습니다.

할매는 동자의 정수리에 손을 올렸습니다. 동자가 흐느끼며 할매의 가운에 축축한 볼을 비벼댔어요. 오래된 아스팔트 구덩이에 고여 있던 구정물이 이미 가운에 잔뜩 스며들어 있었는데 동자는 아랑곳하지 않았습니다. 동자가 하는 양을 보며, 저는 왠지 콧등이 시큰해져서는 킁킁거릴 수밖에 없었습니다. 동자가 진짜로 저한테 지령 한마디 받지 못했다 하더라도, 그러니 사기꾼이라 하더라도, 어쨌거나 나 하고픈 말은 다 해주고 있었으니까요.

"함이야."

스타할매가 중얼거렸습니다. 그리고 이어 말했습니다. 함이야, 할매가 다 혼쭐을 내주면 우리 함이 마음이 좋아지겠니.

"응, 좋아질 거야. 좋아질 거. 다아 혼내줘. 우리 할머니가 다 혼내줘."

할매는 나를 함이라 불렀어요. 함이야, 우리 함이 오늘은 도장 잘 갔다 왔나, 하는 식으로. 합기도장에 가서 한 달 치 돈을 내줄 때마다 제 이름을 김함이라 발음하곤 해서 혼란을 주곤 했죠. 나중엔 관장님도 익숙해졌지만요. 그렇지만 저 엉터리 동자가 그걸 어떻게 알겠어요? 그저 적당히 눈치 보고 맞장구나 치고 있는 것이었죠.

"할머니가 혼내주면 다 용서할 테야."

"혼내주면 그럴 거야?"

"응, 그럴 거야."

"여기 있는 거 다 먹고 할매가 엉덩이 두드려주면, 그럼 이제 갈 테야?"

"응응, 할매."

"엄마도 안 보구 갈 테야?"

동자가 어떤 임기응변을 선보일지 기대가 되어서 저는 제사상 근처를 벗어나 동자의 얼굴에 코가 닿을 듯 제 얼굴을 들이밀고 쳐다보았습니다.

"엄마는 아프니까."

동자가 말했습니다.

"엄마는 아프니까, 내가 가면서 들렀다 갈 거야, 할매.

그러니까 할매가 나 엉덩이 뚜들겨줘. 나 보내줘, 할매."

동자는 한 번 더 눈을 굴리더니 목구멍을 좁히고 뱃가죽에 힘을 주었습니다.

"보내줘, 할매. 보내달라고!"

그런데 조금 억울합니다. 내겐 해코지든 뭐든 할 수 있는 힘이 아무것도 없는데, 동자가 저래버리면 그 나쁜 일들이 모두 저 때문에 일어난 것이라고 사람들이 생각할 테잖아요. 이 사실을 할매는 알려나. 저 사기꾼. 재미있는 것도 순간이지, 계속되면 무서워집니다. 반드시 다치는 이가 생깁니다. 아이들이 만들어냈던 전설을 생각해보세요. 전설 속 미친 사람들의 후계자였던 제가 어떻게 되었는지를 떠올려보세요.

할매는 사기꾼에게 다가갔어요. 둘이 스칠 정도로 가까이 서고 나서야 저는 동자가 저보다도 훨씬 작다는 사실을 깨달았지요. 제가 구부정한 할매와 비슷한 눈높이였는데, 동자는 할매를 올려다봐야 하더군요. 동자의 정수리는 할매의 어깨까지도 오지 못했습니다.

제아무리 혼으로 떠돌고 있어도 사람 나이 같은 건 함부로 가늠하지 못해서, 저는 그저 생각할 뿐이었어요. 몇 살일까. 분명 시장 상인들에겐 꽤 알려진 사람이라고 했는데, 그렇다면 꽤 오래 일을 했을 텐데, 그런데 저렇게 작은 거라면, 대체 왜.

　어쩌면 그즈음부터 나는 할매가 저 사기꾼을 처단하지
않기를 원했던 걸까요?

　할매는 손을 들어 올렸습니다. 내 눈길이 그 손에 머물
렀어요, 라고 말한다면 있어 보이려 말하는 구라일 가능성
이 높습니다. 그동안 할매의 손을 얼마나 많이 보았는데
뭐가 달라졌다고 새삼스레. 내 어깨를 잡던 손, 꼬봉이를
쓰다듬던 손, 도장에 입관비를 내주던 손, 리어카 손잡이
를 잡으려던 내 손을 뿌리치고서는 대신 옆에서 재미있는
이야기나 해달라며 말하던 손. 그 손들.
　대신 문득 떠올렸습니다. 할매의 손을 한 번도 잡은 적
이 없다는 사실을요. 왜일까요? 내게 그렇게 잘 대해주던
사람에게 왜 저는 그렇게 굴었던 걸까요? 저는 구제 가게
나 걸어 잠근 월영시장 공용 화장실 칸 같은 곳에서는 할
매에게 이런저런 이야기도 많이 하고 자주 울었으나, 누
군가의 눈길이 머무를 가능성이 있는 곳에서는 언제부턴
가 할매와 한 발짝 반쯤 떨어져 있었으며 할매를 절대로
쳐다보지조차 않았습니다. 마치 모르는 사람 옆을 지나가
는 것처럼, 모두의 눈에 그렇게 보이길 바라면서 걸었어

요. 안 그럴 거라는 사실을 다 알면서도. 둘만 있는 공간에서조차 할매의 손은 잡지 않았습니다. 할매가 잡지 말라고 말해주었죠. 더러워, 여기저기서 쓰레기만 줍고 다닌 손이야, 하고 말이에요. 그 말이 실은 제게 죄책감을 지우지 않기 위한 말이란 것을 제가 과연 몰랐을까요?

스스로 차도 위에 눕지 않았더라면 저는 할매의 손을 잡아줄 수 있는, 할매와 딱 붙어 걸을 수 있는 누군가로 마침내 클 수 있었을까요? 다른 사람들처럼 잔인해지지 않을 수 있었을까요?

할매는 동자를 안았습니다. 동자가 움찔거리더니 할매의 품에 몸을 맡겼지요. 아이들이 참지 못하고 꽥꽥 소리를 질렀습니다. 핸드폰을 들더니 영상을 찍어대기 시작했어요. 서로의 단톡방에 영상을 뿌려대겠지요. 조회 수를 기대하며 릴스에 올리기도 하고요. 그렇잖아도 월영시장에 무슨 닭인가 뭔가를 손질하는 포차 애가 반짝 인기를 끌었을 때 질투하던 애들이 얼마나 많았는데요. 포차 앞을 지나갈 때마다 몰래 침을 뱉는 애들이 부지기수였습니다.

상인 중 하나가 비싼 값 받고 굿을 이렇게 날로 먹느냐며 투덜거렸으나 귀신같이 그 말을 알아듣고선 돌아본 동자의 얼굴에 으악 뜨거워라, 하며 다시 고개를 숙였습니다. 그때 별안간 할매가 동자를 품에서 떼더니, 손을 들어서는 머리를 후려치며 말하는 것이었습니다.

"네 엄마가 왜 아픈지는 알고 가야 하지 않겠냐!"

여기저기서 여자들이 짧은 비명을 질렀습니다. 할머니는 동자를 다시 한번 때리며 말했습니다.

"원망은 버리고 가야 하지 않겠냐고!"

그러고는 다시 한번 손을 들어 올렸습니다.

저는 뒤로 천천히 물러났습니다. 등을 돌렸습니다. 어디로 뛰어가지? 생각하며 주위를 둘러보았습니다. 일자로 된 차도를 막아 상을 차렸으니 이곳에서 도망가려면 할매가 리어카를 끌고 온 바로 그 방향으로, 그러니까 상을 등에 둔 채로 달아나는 수밖에 없었습니다.

엄마 이야기를 듣고 싶지 않았으니까요.

그리고 그때 툭, 줄 끊어지는 소리가 났습니다.

내 발이 우뚝 멈추었습니다.

눈과 코에서 물이 흘러내렸습니다.

나는 알 수 있었어요.

저 병원 어딘가에서 골칫덩이가 되어버린 내 몸이, 방금 죽은 것입니다.

*

저도 이 지경이 되기 전까지는 몰랐던 일인데 사람은 죽고 나서 어디 가지 않는다더라고요. 옥황상제 앞으로 가는 것도 지옥에 떨어지는 것도 아니에요. 환생하지도 않고요. 사람은 꼴딱꼴딱 숨넘어가려 드는 시간에는 멋대로 여기저기를 돌아다닌답니다. 예쁘게 표현하자면 민들레 꽃씨처럼, 나쁘게 말하자면 굴러다니는 먼지 덩어리처럼요. 그리고 죽는 순간 그 직전까지 있던 곳에 우뚝 멈추어, 뿌리 내린 풀 혹은 박혀버린 돌이 된대요. 그러고는 거기서 무럭무럭 자란답니다. 살지 못한 나날을 아주 빠른 속도로 세면서 큰답니다. 2백 살까지 살고는 까무룩 말라버린답니다.

저는 발이 묶인 채, 금세 엄마와 동갑인 나이까지 자랐습니다.

보고 싶지 않아요. 동갑이나 되었는데 애처럼 용서도 못 하고 뻗대고 싶지 않아요. 이런 일이 일어날 줄 알았더라면 월영동에서 아주 먼 곳에 가서 죽었을 거예요. 그러나 본디 불가능하죠. 난생처음 보는 굿판이 궁금해 견딜 수 없게 만들어 나를 불러들였으니 꼭 여기서 죽어야 했던 것입니다.

보고 싶지 않아요. 내가 몰랐던 사정을 알게 되는 것도 싫고 혹시라도 내게 못 해준 것들을 되새기며 운다면 그것은 더욱 싫습니다. 애당초 정신을 차리고 살았으면 됐잖아! 하고 소리를 지르고 싶은 거죠. 맘대로 싸질러놓고 그런 식으로 산 당신 잘못이야!라고요. 그런데 그건 내가 어려야 가능한 일이잖아요. 어른이 되었는데도 헤아려주지 못하고 그렇게 화를 내면, 그건 내가, 내가 아주 모진 인간인 것이잖아요.

달아나려는 몸짓이 통할 리가요. 아스팔트에 완전히 발이 묶여버렸는걸요. 소리를 지르면서 발목을 비틀었지만 아무 일도 일어나지 않았습니다. 할매가 제가 있는 쪽으로 더 가까이 다가왔고, 비로소 할매의 정수리가 내 어깨보다도 더 낮게 있더란 사실을 알게 되었습니다. 죽지 않고 엄마의 나이가 되었더라면 이렇게까지 컸을 거란 얘기겠지요. 그러고 보면 이 세상 만든 이도, 누군진 잘 모르겠지만, 참 생각 없지 않아요? 내가 밥을 얼마나 걸렀을 줄 알고.

*

　정적을 깨는 치익 소리가 오른쪽 어귀에서 났습니다. 전집 여자가 철판에 기름을 부었기 때문이죠. 여자는 그 위에 비엔나소시지 봉지를 탈탈 털었습니다. 칼집 난 소시지들이 도르르 철판 위로 떨어져 내렸습니다.

　"늙은이들 좋아하는 것들만 멕이려 드는데 것마저 다 식어빠졌으니 애기가 화가 나, 안 나?"

　여자가 말했습니다. 그러고서는 벌써 잔뜩 다리를 벌린 문어 모양 소시지를 서둘러 일회용 접시에 담더니 케첩을 뿌려 들고 휘청휘청 걸어왔지요.

　"할머니, 이거 말고 애기가 또 좋아하는 것이 있어요?"

　할매에게 접시를 내밀면서 말하는 여자의 손가락이 기름에 번들거렸습니다. 그러자 저쪽에서 또 누군가 불쑥 일어나 말했습니다. 우리 집 핫바 많이 사 먹었어요. 스타 할매가 많이 사 줬어요. 그러자 조금씩 손을 드는 사람들이 늘어났습니다. 슬러시를 파는 만둣집 사장이라든가, 할매가 집에 가서 먹으라며 한 봉지씩 꼭 사서 쥐여 주던 튀밥 가게 주인이라든가.

　우스워요. 저는 어른입니다. 이제 그런 건 먹지 않는다고요. 어린애들이나 좋아하는 거잖아요. 뭣도 모르면서 생각하는 척, 아는 척. 사람이 그렇게 될 수 있는 존재라면, 나더러 미친 여자의 아이라 손가락질하던 애들과 인간이 같은 종이라고 주장할 수 있는 근거가 영 빈약하게 되어 버리지 않겠어요?

할매가 소시지 접시를 받아 들었습니다. 접시가 무거워서인지 손이 위아래로 조금씩 떨렸습니다. 그래요, 소시지 접시가 바닥으로 낙하한 것은 필시 너무 무거워서였을 것입니다. 종일 리어카를 끌고 다녔으니.

소시지들이 바닥 위를 대구루루 굴렀습니다. 아스팔트 위로 길게 케첩 자국이 남았습니다. 이상하죠. 꼭 먹고 싶은 것도 아니었는데 제 몸이 저절로 그 소시지들을 주워 담기 위해 움직였습니다. 허리를 구부리고, 두 팔을 뻗은 채로 허공을 헤엄치듯 움직였습니다. 움켜쥐는 행위 자체가 불가능할 것을 아는데도요. 발이 땅에 묶여 있다는 사실을 잊고는 힘껏 앞으로 나아가려 하다가 그대로 고꾸라지는 짓만 반복하는 꼴이었지요.

그래도 신통력이 콩알만치는 있는지, 동자가 제가 하는 양 그대로 따라서 손을 내밀었습니다. 동자는 저와 달리 발을 움직일 수 있으니 이미 시꺼먼 아스팔트 가루가 묻은 소시지들을 손으로 잡아 올릴 수 있었습니다. 그리고 동자는 그것들을 모두 입에 넣어 씹었습니다. 으적으적.

동자의 입에서 흙 알갱이 씹는 소리가 났습니다.

"할머니."

동자가 말했습니다. 짓이겨진 소시지 껍질 조각이 잇새에 잔뜩 끼어 있었어요. 그 꼴을 보자 하니 제가 다 이를 쑤시고 싶어져서 천천히 입을 벌렸습니다.

"할머니, 한 많은 것은 내가 아니라 엄마다."

저는 입을 점점 크게 벌렸고, 동자가 마찬가지로 행동했으며, 그가 저를 따라 하는 것인지 아니면 그 반대인지 어느 순간 헷갈리기 시작했어요.

그거 아시나요? 저는 입 옆이 항상 헐어 있었습니다. 비타민 뭐가 부족하면 그렇게 된다던데. 할매가 그걸 보고서는 바르라며 바세린 통을 건네준 적도 있지요. 할매가 허리에 차고 다니는 가방 안에서 더러운 지폐나 동전 들과 함께 구른 통의 겉에는 흠집이 잔뜩 나 있었고 하루 치 폐휴지를 거의 다 만진 손은 지저분했습니다. 주저하면서 그 통을 받았고, 열어보니 끈끈한 바세린 표면은 검댕투성이였어요.

저는 거기 천천히 검지를 집어넣었습니다. 바세린이 손에 닿기 직전에 뺀 검지로 입 옆을 문질렀습니다. 아무것도 묻지 않은 손이 상처를 뭉개니 피부가 따가웠지요. 그러나 할매는 환히 웃더니, 그래 아가, 훨씬 낫쟈? 하고 물었어요.

그때 눈 안 좋은 할매를 속일 생각을 하지 않았더라면 어땠을까요. 할매, 안 보여요? 안 발랐잖아요,라고 말할 수 있었다면. 혹은 뭐야 할매, 찐득거리기만 하고 하나도 안 나아졌어, 답답해,라고 투정을 부릴 수 있었다면. 둘 중 하나라도 해낼 수 있었다면 입 벌리기 힘든 유령으로 크진 않았을 테지요. 그러나 저는 할매에게 고개를 끄덕였던 것 같아요.

입을 벌릴 수 있을 만큼 벌렸습니다. 아마 입술 끝이 죄다 까끌까끌한 주황색으로 물들었을 것입니다. 오랜 세월을 굶다가 빨간 것을 열심히 먹어댄 사람처럼. 표정이 누군가에게 보인다면 참 우스울지 모르지만 아무도 저를 볼 수 없으니, 뭐.

할매가 동자에게 가까이 다가섰습니다. 두 손을 강시처럼 들더니 동자가 크게 벌린 입 근처까지 가져다 대었어요. 저는 그들 쪽으로 몸을 최대한 길게 늘였습니다. 놀랍게도, 제가 살아 있다면 거의 180까지 컸을 모양이더라고요. 저는 그렇게 온몸을 죽 펴고 가래를 모아 뱉었지요. 의미 없는 짓이라도 반드시 해야 했습니다.

갑자기 동자가 옷을 벗기 시작했습니다. 말려, 말려야 하는 것 아니야? 하는 말과, 무당인데 지가 알아서 하겠지, 하는 말과, 오메 여자였네, 아무도 모른다고 하드만 여자였어, 하는 말 들이 그 광경에 일종의 소스처럼 뿌려지더 군요.

돌팔이. 사기꾼. 저는 생각했습니다. 무슨 일이 있었는 지도 모르면서 신묘한 척은.

전설과 괴담의 출발은 어디일까요.

어쩌면 스스로 모르는 척하려는 공동의 죄책감에서 오는 것은 아닐까요.

우리 엄마, 소정이라 불리던 사람은 밤을 뛰어다니며 어떤 일들을 겪었나요.

그걸 마침내 이해하게 된 것은 내가 훌쩍 커버렸기 때문인가요.

동자가 두루마기 한쪽을 들고서는 다른 쪽을 할매에게 내밀었습니다. 둘이서 마치 그물을 펴듯 두루마기를 들었어요. 동자는 입을 열었습니다. 아까와는 다른, 낮고 걸걸한 음성이었어요.

"아픈 애기 병원비에 보탤 분 여기 돈을 넣어 주시오."

그렇게 말했어요.

"이 두루마기에 던져 주시오."

그러고는 엎드린 사람들 사이사이를 천천히 돌기 시작했습니다. 사람들이 모두 주머니를 뒤지기 시작했고, 곧 두루마기 위로 색색의 지폐들이 모여들기 시작했어요.

나는 이미 죽었는데.

이 사기꾼아.

얼굴 여기저기가 당기고 아픕니다. 분명 울고 있는 것이 아닌데 눈물이 고인 것처럼 시야가 흐릿해집니다. 멀리 있는 간판이 잘 보이고 가까운 이의 이목구비는 모호합니다. 눈가를 문지르려 손등을 들어 보는데 손등 위에 핏줄은 왜 이리 도드라져 있고 피부엔 주름이 왜 이리 많지요? 입안이 건조해지고 허연 침이 말라붙는 불유쾌한 감각이 찾아듭니다. 목 주위와 가슴팍과 등에 벌레가 지나다니는 듯 간지럽습니다. 벌레가 내 피부를 기는 것이 불가능하다는 사실을 알면서도 팔을 등 뒤로 넘겨 벅벅 긁어봅니다. 목도 벅벅, 손을 티셔츠 안쪽에 집어넣어 가슴팍도 벅벅. 손톱에 묻어난 것은 허연 부스러기들입니다. 저는 이것들을 압니다. 겨울마다 다리가 뱀 껍질처럼 변하고는 했지요. 가렵기보다는 징그러워 피가 날 때까지 긁어댔고, 모두가 이런 고통을 감내하면서 겨울을 나는 건지 궁금했습니다. 엄마에게 물을 수는 없었어요. 그 겨울에도 반바지를 입고 시장 통로를 뛰어다니는 엄마에게는요. 할매도 알아채지 못했어요. 피딱지 가득한 종아리는 길고 두꺼운 겨울 바지에 가려져 있었으니까요.

몸만 큰 게 아니라 머리도 굵어진 모양입니다. 한 번 발라보지도 못했는데, 그래, 그때 그 바세린을 여기에다 발랐으면 됐던 거야!라고 뒤늦게 깨달았으니 말이에요. 다리에였다면 조금 더럽다고 해서 주저하진 않았을 텐데……에서 시작한 주절거림은, 어차피 이렇게 빨리 죽을 것이었다면 할매의 바세린을 입에 치덕치덕 발라볼걸, 그러고는 할매의 손등에 입이라도 맞춰볼걸,이라는 회한으로 이어졌습니다.

두피가 간지러운가 싶어 손을 댔더니 머리카락 두어 올이 저절로 빠졌습니다. 뿌리가 허옜습니다. 간사하게도 그 색을 확인하자마자 무릎이며 골반뼈, 허리와 다리 여기저기가 쑤시기 시작했습니다. 왕왕, 왕왕왕왕. 시장 사람들이 각자 내뱉는 말들은 점차 그렇게밖에 들리지 않게 되었고 저는 허물어지듯 천천히 그 자리에, 한쪽 무릎을 세우며 주저앉았습니다. 툭 도드라진 무릎뼈를 간신히 덮고 있는 피부는 있는 걸 다 꺼내고 남은 주머니처럼 얇았어요. 구제 가게 옷 더미 앞에 쪼그려 앉아 있던 할매의 무릎뼈를 그대로 가져다 놓은 것 같은.

"감사합니다. 그저 감사합니다. 감사합니다. 우리 함이가 얼른 일어날 거여."

할매의 목소리가 작게 들렸습니다. 할매를 보고 싶어 등을 돌리려 했으나 모르는 새 이미 굽어버린 허리가 펴지지 않았습니다.

곧 눈에서 물이 줄줄 흘러내리기 시작했습니다.

✷ 에필로그 ✷

　동윤은 하교할 때마다 교문에서부터 월영시장 입구까지 전속력으로 달렸다. 단 한 번도 쉬지 않았고 무단 횡단도 쉽게 일삼았다. 월영합기도 간판이 보이면 그제야 안심이 되어 조금씩 속도를 줄였고, 상인 중 누군가 동윤의 이름을 외치며 인사를 하고 나서야 비로소 헐떡이는 숨을 가라앉히고 천천히 걸었다. 초등학교에 입학하면서부터 생긴 버릇은 중학교에 입학하고 나서도 하나 변하지 않았다. 늦겨울 날씨가 가시지 않은 3월에도 와이셔츠 목깃에 땀을 축축이 적셔가며 뛰었다.

　이유는 간단했다. 교문에 아버지가 서 있을까 봐. 자신의 손목을 틀어쥐고 영영 월영동을 떠나게 만들까 봐. 자근포차를, 동지와 삼촌 부부를 영원히 잃게 될까 봐. 그러나 월영시장 안에만 들어온다면 보는 눈도 동윤을 아는 이도 많으므로 제아무리 망나니 아버지라도 함부로 동윤을 건드리지는 못할 거였다. 자근아! 애기야!라고 자신을 불러주는 사람들이 거기 서 있다면, 서서는 호객 행위를 하고 지폐를 받으면서도 눈으로는 동윤이 지나가는 모양새를 보아준다면, 그렇다면 동윤은 안전할 것이었다.

합기도 도복을 입은 애들이 우르르 동윤의 앞을 지나 핫바 노점으로 몰려갔다. 작은 아이들은 아무래도 인근 다른 곳보다 월영시장 안에서 안전했다. 물건을 좌판에 놓고 목욕탕 의자에 앉은 상인들, 허리가 고부라진 노인들, 시장이 가장 큰 놀이터인 강아지들. 그 모두보다 아이들의 눈이 더 높은 곳에 있기 때문에. 시장 밖에서 사람들은 아래를 잘 보지 못했고 그래서 허리춤까지밖에 오지 않는 애들을 밀치고 걷어차며 지나가기 일쑤였다. 그러나 시장에서는 그러지 않았다.

핫바 노점을 지나 조금 더 걷다 왼쪽으로 꺾었다. 미리내유통 앞에서 스타할매가 박스를 줍고 있었다. 할매는 처음 봤을 때보다 하나도 늙지 않았다. 어쩌면 월영시장이 생겨났을 때부터 저 얼굴을 한 채 리어카를 끌고 다녔을지도 모른다. 시장이 살아 있는 한 절대로 죽지 않는 현신 같은 것. 만화에 나오는 쭈글쭈글한 할머니들이 흔히 그렇듯.

그 어떤 반려견과도 혼동할 수 없는 커다란 사냥개의 모습이 저 멀리서 보이면 동윤은 재빠르게 목줄을 쥔 이의 얼굴을, 아니 정확히는 정수리부터 이마까지를 확인했다. 동윤은 가짜 머리와 진짜 머리를 귀신같이 구별해냈다. 저건 가짜 머리다. 부레옥잠처럼 사람들 위를 떠다니잖아. 판단이 들자 재빨리 등을 돌렸다. 월영시장에는 몸을 숨길 수 있는 골목이 곳곳에 있었다. 그리고 다행히도 동윤이 가장 좋아하는 골목이 바로 근처에 있었다.

"안녕, 꼬봉."

동윤은 르앙구제로 성큼 들어서서 인사했다. 바닥에 옷이 가득 든 포대 자루가 널브러져 있었다. 이 양반은 옷 정리도 안 한 채 또 가게를 두고 어딜 갔는지, 꼬봉만 제자리에 앉아서는 하품을 쩍쩍 해대고 있었다. 동윤은 꼬봉의 엉덩이를 몇 번 두들겨주고는 옷을 한참 뒤적거리다가 다시 나왔다. 다행히 가발은 사라지고 없었다. 가끔 아들이 대신 산책을 나올 때가 있었다. 개의 이름이 똘이라는 것, 사실은 사람을 절대 건드리지 않는 순둥이란 것도 그 아들을 통해 알게 되었다.

월영시장 아케이드 안에서는 비행기 소리가 들리지 않았지만, 르앙구제 골목으로만 나와도 숱하게 비행기 날아가는 소음을 들을 수 있었다. '미치겠다, 자기야. 여기서 사람이 어떻게 살아?' 월영시장에 구경을 오는 외지인들은 뭘 사지도 않고 사진만 찍어대고는 골목으로 나와 팔짱을 끼고 돌아다니며 자주 그런 말들을 쑥덕거렸다. 바로 옆을 지나치는 이들이 이곳의 거주민인데도. 글쎄, 어떻게 살까요. 동윤은 그런 말을 들을 때마다 화가 나서 씩씩거리곤 했다. 어떻게 살까요? 나도 몰라요. 하지만 나는 살고 있는걸요?

죽은 아이의 꿈을 꿀 때가 있었다. 그 애가 누군지 모르지만, 얼굴도 알지 못하지만 꿈에서 만나자마자 알아챌 수 있었다. 너는 나구나. 동윤은 평소 학교에선 그런 말을 하는 아이들에게 언제나 오글거려,라는 타박을 던지는 쪽에 속했으나 꿈에서는 세 보여야 한다는 강박 없이 하고픈 말을 뱉을 수 있었다. 사실을 말하자면 동윤은 언제나 잠 못 든 채로 환상적인 이야기들을 읽고 상상하는 아이였으니까. 누구에게도 들키지 않게끔.

너는 나지. 우리는 같은 땅에서 같은 물을 마시며 자라야 했던 이들이지. 비록 너는 스스로를 겪었으나 우리는 흔히들 말하는 포유류,가 아닌 유기체의 말단과도 같아서 꺾이면 다른 층과 차원에서 다시 소생해. 너는 조금 더 나은 세상에서 태어났을 것이다. 그러나 그곳에서도 사람들은 이런 식으로 섞여 팔고 나누고 버리고 또 주울 게 분명하다. 어느 한 사람이 자신의 모든 요구를 스스로 채워낼 수 없으니까. 그것은 지구상의 모든 생물에게 당연한 이

치이고 너의 층과 차원에서도 딱히 다를 것 같진 않다. 그렇지 않니? 동윤은 그렇게 중얼거렸다. 중학교에 들어가고 나서는 어려운 말이 조금 더 그럴듯하게 잘 나오는 것 같은 기분이었다.

그렇게 언어를 쌓아 올리다 잠깐 눈을 감고 있노라면 이불 속으로 손과 발이 들어왔다. 이미 지난해쯤부터 동윤의 것보다 작아진 손발. 동지의 것이었다.

"안동윤."

익숙한 목소리가 들리자마자 동윤은 빠르게 두 발바닥을 서로 맞대었다. 그러나 역부족이었다. 곧 아주 차가운 발가락이 동윤의 두 발 사이를 날카롭게 파고들었다. 아, 발톱 좀 깎으라고! 동윤이 소리치면서 퍼덕댔지만 아무래도 부족했는지 이번에는 발바닥과 손가락 몇 개가 옆구리를 마구 건드렸다.

"차갑다고!"

"우웅, 안동윤."

"아 씨, 차갑다니까!"

"동눈. 우웅, 안도눈."

"꺼지라고!"

꺼지란 말은 안아달란 말의 유의어였다. 적어도 이 공간에서만큼은.

동지의 입에서 쿰쿰한 마른침 냄새가 났다. 오늘도 어지간히 피곤했나 보구먼. 또 입 벌리고 잤네. 동윤은 생각하며 동지의 머리를 제 겨드랑이에 끼웠다.

분명 비행기가 뜨지 않을 깊은 밤인데, 무언가 하늘을 가르며 지나가는 소리가 천장에서 나는 것 같았다.

산문
시장이랑 아기를 낳을 수 있다면

아주 좋아하는 가사가 있다. 퓨어킴의 「요」라는 곡의 것이다.

> 사람에게 위로받는 건
> 받아본 사람만 할 수 있어서
> 그런 거 없어본 사람은
> 산에 들어가 안 나오고
> 자연에게 위로받는 건
> 해본 사람만 할 수 있어서
> 그런 거 안 해본 사람은
> 컴퓨터랑 결혼하고
> 컴퓨터랑 아기를 낳을 수 있다면
> 혼자인 지금보다는 낫지 않겠어요?

넌 참 무정한 애다. 나를 잘 아는 사람들은 그렇게 말한다. (내가 무정하다고 느끼지 못했다면 나를 잘 모르는 거다.) 그 누구에게도 먼저 연락할 줄 모르고 어떻게 지내는지도 무관심하며 어떻게 어떻게 잘 꾀어 불러놓으면 온몸으로 '나 집에 가고 싶소' 염불을 외는 애. 한때 열심히 날 꾀려고 노력하던 이 중 하나는 자꾸만 내가 외롭다고 멋대로 상정하고서는 이런저런 모임을 만들어냈는데(정말이지 죽을 맛이었다), 그가 했던 말 중 하나로 이런 게 있었다.

"너한테 이로운 사랑 한 번만 확 해보면 인생이 달라질 텐데. 그걸 해보고 싶은 생각이 없어? 그래서 네 삶이 외롭고 지루한 거야."

그 말을 들었을 때 몹시 당황했는데, 나는 외롭지도 지루하지도 않으며 이미 끝내주는 사랑을 평생, 심지어 파트너를 갈아 치워가며 해오고 있다 장담하고 있었던 탓이다.

엄마가 회상하기 좋아하는 내 갓난아기 시절 일화. 보행기에 앉혀놓으면 다리를 움직일 생각은 전혀 없이 보행기에 달린 딸랑이에 환장해서는 '귀신에 홀린 애처럼 눈깔이 가운데로 몰려서' 딸랑이를 쉴 새 없이 돌려댔다는 것. 그 모습이 너무 무서워서 보행기에는 앉히지도 못하게 됐다는 얘기. 걸음마를 18개월이 되어서야 간신히 뗀 것은 물론 머리가 지나치게 컸던 탓이기도 했겠으나 보행기를 제대로 써먹지 못했기 때문이기도 할 것이다.

그런 성질을 지니고 태어나서는 평생 무언가에 꽂혀 눈깔을 가운데로 몰며 살아왔다. 그 대상은 자주 바뀌었다. 오래 지속된 것도 빠르게 사그라진 것도 있으나 공통점은 사람이 아니라는 것 정도. 누구도 예상치 못한 대상에 쉽게 매료되고 충동적으로 빠져들어서는 맹목적으로 사랑했다. 돈도 버리고 직장도 버리고 길도 없는 곳을 향해 핸들을 획획 꺾어대서, 나를 잘 아는 이들은 내가 무언가에 빠져든 것을 감지하면 제일 먼저 말한다. 쟤 또 큰일 났네, 이번엔 또 뭘 포기하려나. (놀라지는 않는다.) 그 정도로 사랑을 한다. 하여 유정한 사람이다. 대상이 사람이 아닐 뿐이다. 「요」에서 퓨어킴이 노래했던 것처럼.

이 소설집의 청탁을 처음 받았을 때의 테마는 '무언가를 열렬히 좋아하는 이들에 대한 소설집'이었다. 단편을 그렇게 많이? 못 써. 메일을 받자마자 단번에 생각했다. 여태껏 해온 사랑의 형태는 대상만 다를 뿐 언제나 동일했으니까. 투신과 낙하 그리고 매몰. 제아무리 이리 비틀고 저리 꼬아본다 한들 얄팍한 수가 들통나지 않을 리 없었다.

그러나 변방의 무명작가에게 온 황금 같은 청탁을 어찌 상상력과 경험의 일천함 따위를 탓하며 거절할 수 있단 말인가. 안 될 일이다. 하여 급하게 메일을 썼다.

혹시 제가 지금 꽂혀 있는 대상에 대해 써도 될까요…… 연작 느낌으로요. 그러니까요, 사실은 제가 어떤 장소를 너무너무 사랑합니다. 선생님, 그러니까 아무래도 그 장소를 배경으로 하는 사람들의 단편을 어쩌면, 아마도 좀…… (운운)

어쩌면 이 수가 가장 얄팍했을지도 모를 일이나, 어쨌든 먹혀들어갔기에 시장을 배경으로 한 이야기를 쓰게 되었다.

이것은 나의 염원이기도 했다.

2023년 초, 청년머시기임대주택이라나 뭐라나,에 당첨되어 한 번도 발을 들인 적 없던 서울 서쪽 S동에 둥지를 틀었다. 입주 전 주택 열람을 위해 버스를 몇 번 갈아타서는 마침내 도착했을 때 나를 가장 당황하게 만든 건 낮고 연식이 오래된 건물들과 그 위를 덮은 넓은 하늘(단언컨대 서울에서 그렇게 온전한 하늘을 본 적이 없다), 그리고 비행기였다. 그렇다. 비행기가 1분에 한 대씩 머리 바로 위를 지나고 있었다.

그런데 이상하지. 비행기 소음을 제외하면 동네는 적막했다. 사람들은 어디 있는 거지? 나는 지피에스를 켠 채 볕 안 드는 겨울 낮의 골목을 헤매며 생각했다. 아파트도 카페도 부동산도 없었다(내가 전에 살던 동네에는 그 세 가지가 가장 많았다). 요기를 하러 들어간 노포의 아랫목에는 이미 소주 네 병 정도를 마신 초로의 남자들이 누워 있었다. 굴국밥이 6천 원에 소주가 4천 원이었기에 어느 정도 반가운 이해 아래 나 역시 반주로 장단을 맞췄으나, 여전한 의아함이 술지게미처럼 남아 있었다. 사람들은 어디 있지? 이렇게 밥값이 싼데 사람이 안 살 리가 없잖아? 혹시 이곳 사람들, 항공기 소음에 파랗게 질려 다들 집에 틀어박힌 채 조용한 삶을 살기로 합의한 걸까? 미미한 어지럼증을 느끼며 다시 버스를 몇 번 갈아타고 돌아오는 동안 나는 내내 이 기이한 동네의 주민들을 궁금해했다. 실체를 확인하지 못한 대상에, 그것도 사람에 맘을 쓰는 것은 내겐 별난 일이었고 저항할 도리 역시 없었다.

사람이 있었다.

모두 S시장에 있었다.

집을 나와 10분 남짓 걸으면 마주하게 되는 시장으로 서울 서부에서는 가장 규모가 크다고들 일컫는 곳이다. 이사 후 나는 그곳에 완전히 매료되었다. 시장의 한쪽 끝에서 반대쪽 끝까지를 하루에도 열 번 넘게 왕복하고, '맨날 묵사발만 먹는 아가씨'란 말을 들으며 반찬 가게 사장님과 안면을 트고, 끝없는 사람 구경에 집에 갈 마음 따위 먹지 못한 채 여기저길 기웃거렸다. 3만 5천 년 만에 지갑에 현금을 넣고 다니기 시작했으며, 보도에 면한 플라스틱 테이블에 앉아 혼자서 거나하게 낮술을 마실 때도 많아졌다. 정말 우습지. 시장에 있으면 사람 사는 소리 때문에 비행기가 나는지 마는지 신경도 쓰이지 않았다. 심지어 원인 불명의 허리 통증으로 걷기조차 힘들었던 늦겨울의 일주일 동안에조차 다리를 질질 끌면서 그곳에 갔다. 가서는 더 느려진 속도에 맞추어 좌판을 눈에 담았다.

이게 사랑이 아니면 무엇이 사랑이란 말인가? 함께할 때 타인의 소음을 감지할 수 없는 것. 둘을 성가시게 하는 모든 요소로부터 오감을 차단할 수 있는 것. 아무리 힘들어도 찾아야만 하는 것. 내게 S시장은 그런 존재였다. 그러니까, 어떤 이가 사람을 어떤 이가 산을 어떤 이가 컴퓨터를 사랑하고 거기서 위로를 찾는 것처럼 나는 시장을 사랑하고 시장에서 위로를 찾는 이였던 셈이다.

월영시장은 S시장을 모델로 하여 만들어진 가상의 공간이며 다섯 이야기에 등장하는 인물들도 모두 마찬가지로 허구다. 내 능력이 부족하여 시장의 매력이 반감되었을까 두렵다. 그래도 다행인 점이 있다면 아직 이 시장이 '레트로 힙'의 마수에 걸려들지 않았다는 사실, 그리고 내가 이런 소설집을 써낸다 한들 여전히 아무 영향 없을 거란 사실이다(소설이란 매체의 영향력이 원래 그렇다). 그러니 가벼운 마음으로, 월영시장이 아닌 S시장의 모습을 담아낸 어느 봄날의 일기를 아래 붙이도록 한다.

방금 사온 묵사발을 육수 녹기 전에 해치우고 싶어서 날로 먹는 게 절대로 아니다.

*

머리 바로 위로 날아가는 비행기의 배를 옆에서 걷는 연인의 배보다 더 가깝고 빈번하게 바라볼 수 있는 동네. 2~3층을 넘지 않는 오래된 건물만이 가득하며 카페 같은 건 취급하지 않고 대신 대낮부터 초록색 소주병을 줄 세우는 노인 무리가 거주층의 다수를 이루는 동네. '옛 서울'이란 이름을 달고 너무나 유명해진, 또는 빈티지의 거죽을 쓴 새 동네가 아니라 진짜로 구제(빈티지가 아닌 구제)라 할 만한 동네가 서울의 극서부에 존재한다는 사실을 아는 서울 시민은 그다지 많지 않다. 아는 척하는 나 역시도 겨우 석 달 전에 어쩌다 거주민이 되어버린 외부인에 불과하니.

시장을 감싸는 아케이드에 붙은 커다란 네 글자보다 더 빨리 감각되는 것은 상인들의 외침. 발음이 불분명하여 정보의 전달이라기보다는 존재 증빙의 애타는 수단에 가깝다. 처음 온 이들은 으레 시장이 시작되는 어귀에 위치한 커다란 통닭집의 내부를 흘끗 들여다보고는 옆에 있는 이의 얼굴을 보며 입을 크게 벌린다. 비닐하우스처럼 반쯤 공개된 가게에서 벌어지고 있는 시간 모를 술판 탓이다. "봤어? 소주 다섯 병 깐 거?"라고 서로의 귀에다 수군거리며 웃는 젊은 부부를 본 것이 평일 오후 1시. 이상하게 뿌듯해지는 것은 당연히 나도 주정뱅이여서일 터이고.

한없이 놓인 채소 바구니들에 얼굴을 박고 걷다 보면 갑자기 끼어드는 커다랗고 의아한 표정들. 내가 왜 여기 있지,라고 멀뚱멀뚱 눈으로 묻는 것들은 동전을 넣으면 작동되도록 설치된 목마들이다. 핑크색 목마와 노란색 목마와 토마스 기차와 노란색 유에프오. 그러나 먼지 더께나 붉은 녹으로 미루어보아 목마는 마지막으로 작동된 지 반세기쯤 지난 것처럼 보인다. 너무 가까이 한데 모여 있는 목마들이 일제히 위아래로 움직이는 장면을 상상해본다. 조밀한 파도 같겠지. 고운 모래가 가득 깔린 백사장의 것이 아니라 거칠고 알이 굵은 돌멩이가 가득한, 발밑을 확인하지 않은 채 함부로 걸음을 딛다간 누군가 밀기라도 한 것처럼 마구 휘청대고 허우적대다 마침내 고꾸라지고 마는, 그런 바닷가가 만들어내는 파도와 비슷할 것 같다. (그러나 놀랍게도 나는 그 목마가 실제로 운행되는 장면을 어느 가을 목격했다.)

"방금나온따끈한족발뼈없는순살족발2,3인분에만원이에요빨리빨리오세요."

시장에서 큰 목소리로 호객 행위를 하는 사람들 중 가장 발음이 좋은 이는 족발집의 젊은 여자다. 발음이 명확한 데다 빠르기도 해서, 그는 겨우 세 발짝 정도의 폭을 이루는 가게 앞을 내가 지나는 동안 똑같은 음을 붙인 똑같은 대사를 네 번이나 반복한다. 다른 누군가와 교대하는 것도 한 번 본 적이 없다. 그는 저 노래를 하루에 몇 번이나 부를까. 나는 궁금해한다. 다행인 점은, 이 집이 시장을 오가는 사람들에게 인기가 퍽 좋단 것이다. 주말이면 아주 길게는 아니어도 줄이 늘어선 모습을 종종 보고는 한다.

채소 가게들과 정육점들과 '전원주 덧신'을 파는 양말 가게와 구제 옷 가게 몇 군데 그리고 닭강정과 닭강정과 닭강정. 시장 근처에 개 산책을 하기 좋은 공원이 있는 덕에 시장에서도 강아지를 종종 볼 수 있다. 수수호떡을 파는 노점 앞에는 왜 주인이 여기 멈춰 있는 건지 어리둥절한 강아지가 계속해서 앞으로 나아가고자 한다. 한 손으로는 목줄을, 다른 손으로는 천 원짜리 지폐를 쥔 주인의 눈은 지글지글 끓는 기름에 고정되어 있는데, 정작 호떡을 굽는 이는 호떡 대신 내내 강아지를 쳐다보며 미소 짓고 있다. 강아지들을 참 많이 볼 텐데. 저이는 여기서 하루에 수백 마리의 강아지를, 빼문 혀와 주인을 향해 돌아간 고개와 둥실둥실 움직이는 엉덩이를 볼 텐데. 그래도 지겹지 않다는 듯 여전히 웃는다. 어쩌면 그는 그 촉촉한 코들을 냄새로 홀리는 마법사의 역할에 크게 만족하는 것일 수 있다.

어느 구석에 노인들이 바글바글 몰려 있다. 무슨 일이지? 큰일이 났나? 걸어가서 비집고 그 안을 들여다보니 백일이나 됐을까 모를 쌍둥이가 탄 유아차가 있다. 노인들이 연신 웃고 감탄하며 이것저것을 묻고 또 늙은 눈을 빛낸다. 철 이른 반팔 차림의 젊은 엄마는 난감한 기색이나 노인들은 꼬물이들을 놓아줄 기색을 전혀 보이지 않는다. 몰려드는 사람 수는 오히려 점점 불어난다.

수산물 가게와 반찬 가게, 슈퍼와 화분 가게까지 지나고 나면 온갖 장난감이 행인들의 발치에까지 성큼 나와 서 있는 장난감 가게를 마주한다. 너무 낡고 조악해서 장난감 가게라기보단 차라리 만물상이나 고물상 같은 느낌. 그곳 앞에는 아이들보다 어른들이 더 많다. 젊은 커플은 사진을 찍은 후 "뭐 필요해요?"라고 상인이 묻자마자 손을 내저으며 도망친다. 누가 저 장난감을 살까? 저이는 하루에 몇 개의 장난감을 팔까? 내가 지금 아이라면, 그리고 저곳에서 싼 장난감만을 사길 종용하는 엄마를 갖게 된다면 어떤 심정일까. 나는 상상하다가, 상상이 아니라 기억만 하면 되었다는 사실을 뒤늦게 깨닫는다.

다시 작은 포차들이 하나둘 등장하고, 빛이 완전히 바랜 간판보다 짜장면 3천 원 고량주 5천 원이라 적힌 현수막이 더 선명한 '강남식당'에까지 오고 나면 시장의 풍경은 대강 끝이 난다. 시장의 꼬리에는 윤곽선이 없다. 마치 불꽃의 마지막처럼 자잘한 불티를 뿜으며 점점 희미해진다. 끝인가? 끝인가? 이젠 정말 끝인가? 몇 번을 물으며 걸어야 마침내 슬그머니 사라진다. 길 건너는 다시 내가 아는 서울이다. 나는 서울로 돌아가지 않고 걸음을 돌려 다시금 시장의 풍경 안쪽으로 사라진다. 오늘 저녁거리로 무얼 살지는 아

직도 저울질 중이므로 몇 번을 더 하릴없이 반복해 왔다 갔
다 할 요량이다.